W0366934

Der magische Weg

Sprechen über Natur als ein Sprechen über Lebenswelten ist ein Jahrhundertgespräch: Über den Frieden in der Natur, über Dauer und Vergänglichkeit, Obsessionen, Liebe und Verzicht. An Getier, Gewächs und Gestein besingen Celan, Enzensberger, Bobrowski, Huchel, Kirsch, Rosenlöcher und viele andere den Schrecken und die Schönheit der Natur – als einem Spiegelbild des Menschen.

Ursula Heukenkamp, geboren 1938, lehrt Neuere Deutsche Literatur an der Humboldt-Universität zu Berlin. Zahlreiche Veröffentlichungen zur Literatur des 20. Jahrhunderts und zur deutschen Lyrik, darunter: *Komm! Ins Offene! Deutsche Naturgedichte des 18. Jahrhunderts*, Reclam Leipzig 1985; *Weltkind. Gedichte von Richard Pietraß*, Reclam Leipzig 1990.

Der magische Weg

Deutsche Naturlyrik des 20. Jahrhunderts

Herausgegeben
von Ursula Heukenkamp

RECLAM
LEIPZIG

Besuchen Sie uns im Internet:
www.reclam.de

© Reclam Verlag Leipzig, 2003

Reclam Bibliothek Leipzig, Band 20072
1. Auflage, 2003
Reihengestaltung: Gabriele Burde | Kurt Blank-Markard
Umschlaggestaltung: Gabriele Burde
Gesetzt aus ITC Slimbach
Satz: Reclam Verlag Leipzig
Druck und Bindung: Reclam, Ditzingen
Printed in Germany
ISBN 3-379-20072-7

Inhalt

Vogelwolke

Ich bin der Wald

Im Gewitter der Rosen

Undine geht

Metamorphosen

Nänie

Landschaft aus der Luft

Botschaften des Regens

Vogelwolke

Stefan George

Der Herr der Insel

Die fischer überliefern dass im süden
Auf einer insel reich an zimmt und öl
Und edlen steinen die im sande glitzern
Ein vogel war der wenn am boden fussend
Mit seinem schnabel hoher stämme krone
Zerpflücken konnte • wenn er seine flügel
Gefärbt wie mit dem saft der Tyrer-schnecke
Zu schwerem niedrem flug erhoben: habe
Er einer dunklen wolke gleichgesehn.
Des tages sei er im gehölz verschwunden •
Des abends aber an den strand gekommen •
Im kühlen windeshauch von salz und tang
Die süsse stimme hebend dass delfine
Die freunde des gesanges näher schwammen
Im meer voll goldner federn goldner funken.
So habe er seit urbeginn gelebt •
Gescheiterte nur hätten ihn erblickt.
Denn als zum erstenmal die weissen segel
Der menschen sich mit günstigem geleit
Dem eiland zugedreht sei er zum hügel
Die ganze teure stätte zu beschaun gestiegen •
Verbreitet habe er die grossen schwingen
Verscheidend in gedämpften schmerzenslauten.

Bertolt Brecht

Über das Frühjahr

Lange bevor
Wir uns stürzten auf Erdöl, Eisen und Ammoniak
Gab es in jedem Jahr
Die Zeit der unaufhaltsam und heftig grünenden Bäume.
Wir alle erinnern uns
Verlängerter Tage
Helleren Himmels
Änderung der Luft
Des gewiß kommenden Frühjahrs.
Noch lesen wir in Büchern
Von dieser gefeierten Jahreszeit
Und doch sind schon lange
Nicht mehr gesichtet worden über unseren Städten
Die berühmten Schwärme der Vögel.
Am ehesten noch sitzend in Eisenbahnen
Fällt dem Volk das Frühjahr auf.
Die Ebenen zeigen es
In alter Deutlichkeit.
In großer Höhe freilich
Scheinen Stürme zu gehen:
Sie berühren nur mehr
Unsere Antennen.

Oskar Loerke

Sonnenwendlied der Vögel

Da oben geht ein goldnes Rad,
Das uns geweckt und befohlen hat,
Vor unsre Tür zu treten.
Und magisch singts mit unsrem Mund,
Als forschten wir nach allem Grund,
Urseher und Propheten.

Da oben geht ein goldnes Rad,
Geht um sich selbst, weiß keinen Pfad,
Wir wissens ohne Wissen.
Es steht in seinem großen Grab
Und bleibt darin und wartet ab
In blauen Finsternissen.

Da oben geht ein goldnes Rad,
Das warf uns hin auf seinem Pfad,
Geht um in unsren Seelen:
Wir sind in unsrem Nest und Grab,
Und mit uns ist und wartet ab,
Das Lied in unsren Kehlen.

Da oben geht ein goldnes Rad,
Am Abend prunkts im Sterbestaat,
Der ist wie rote Seide.
Und so wird unsrer Neste Stroh,
Und unsre Schnäbel werden so,
So rot wie von Leide.

Da oben geht ein goldnes Rad,
Das hat in jeder Furt sein Bad
Und trinkt aus allen Krippen.
Das Rad, das liegt auf unsrem Mund,

Wir singen uns an ihm noch wund
Wie unsre Mütter und Sippen.

Da oben geht ein goldnes Rad,
Das Erden zu Aposteln hat
Und alles auf den Erden.
Wir tragen all einen Mühlenstein,
Der Ast ist zu dünn, wir sind zu klein,
Wir werden müde werden.

Erich Arendt

Der Albatros

Sonnen sanken um mein Schiff und stiegen:
Wochen stiller großer Wiederkehr!
Wolkenwände sah ich ferne liegen,
und sie sanken lautlos in das Meer.
Immer aber hört ich's oben fliegen:
  Über mir, der weiten Fahrt Genoss',
  seine Schwingen schlug ein Albatros.

Lag im weißen Glanz der Meeresspiegel
um mein Schiff, so senkte sich sein Flug.
Seine schmalen weitgespannten Flügel
glitten wassernah um Heck und Bug,
segelleicht, als ob das Licht ihn trug.
  Wenn die tiefe Stille ihn verdroß,
  flog mit Zornesschrei der Albatros.

Mittags schwand in leeren Himmelshellen
er empor, steil, über grüner See.
Plötzlich löste sich ein Stein im schnellen

Schlag und streifte dicht das Schiff in Lee,
und ein Schnabelhieb drang in die Wellen.
    Während Wasser ihm vom Leib noch floß,
    floh mit blutgem Fang der Albatros.

Erst im Sturmwind, der mit weißem Biß
in die Tiefen fuhr, daß Nacht und Meer aufschäumten,
kam er wieder, als mein Segel riß,
Blitze lachten, schwarz die Wogen bäumten,
als die Meergruft auf mein Schiff sich schmiß:
    Dunkler Pfeil, der durch den Himmel schoß,
    schwang durch Sturm und Licht der Albatros.

Und sein Schrei brach aus dem Herz des Sturmes
hell und heiß, unfaßbar und inständig,
von Empörung heiß, von Zorn lebendig:
Wilde Kraft des auferstandenen Sturmes.
    Meiner Seele tapferster Genoss',
    rief er ihren Zorn, der Albatros.

In den Abenden der heißen Meere,
wenn der Purpurhimmel jäh verging
und des Dunkels schwarze Tropenschwere
undurchdringbar vor den Augen hing,
flog sein Schatten hörbar überm Meere.
    Wenn die Nacht die Sternensicht verschloß,
    trug die Nacht doch stets den Albatros.

Eines Tages um die Mittagswende
stieg aus ständgem Glanz das harte Riff.
Palmen wuchsen aus dem Lichtgelände,
und die Bai umrauschten grüne Wände,
in die Bucht lief einsam ein mein Schiff.
    Fern am Horizont, der nackt und groß,
    flog für immer fort der Albatros.

Nur in Träumen noch am Strand nach Jahren
zog er wie ums Schiff im stillen Flug.
Und - da Not und Knechtschaft unerträglich waren,
daß das Herz den Haß nicht mehr ertrug,
stieg sein Schrei, dem großen Zorn entfahren:
   Wilder Ruf, der durch den Himmel schoß,
   über mir wie einst - mein Albatros!

Wilhelm Lehmann

Kuckuck im Herbstmond

Über den weißen Mond, der ins Blaue stürzt,
Kräuseln reiseernst Vogelscharen.
Sie sehen den unteren Weg nicht mehr,
Den Geruch der geschlitzten Steckrübe würzt
Und Kartoffelkrautdämpfe befahren.

Wasserweibkühl setzt sich ergraute Luft
Auf flötenhohle Stoppeln, die ihre Sohle nicht verwunden.
Sie hilft dem Mond sich runden,
Damit ich auf seine helle Scheibe
Die goldgelben Füße des Kuckucks schreibe,
Wo er sie überflog,
Als er nach Syrien zog -
Und weiß, wie er ruft.

Erika Burkart

Vogelbrücke

Über die Runkeln gebückt
knien sie im Nebel
der Mann, die Kinder, die Frau,
unter sausenden Vogelstafetten,
die über Länder
hinfahren werden,
wo in Wüsten der Krieg
einbringt die Früchte des Zorns.

Peter Huchel

Frühe

Wenn aus den Eichen
der Tau der Frühe leckt,
knarren die Türen, rädern die Speichen
vom Schrei der Hähne geweckt.

Noch unterm Laken
des Mondes schlafen die Wiesen, kühl und hell.
Die Sumpffeuer blaken,
die Frösche rühren ihr Paukenfell.

Mondhörnig schüttelt
sein Haupt das Rind
und weidet dunkel am Bach.

Der Habicht rüttelt
im stürzenden Wind
die Helle der Lerchen wach.

Gertrud Kolmar

Krähen

Ich will den Tag verbringen in den Feldern,
Will lächerlich wie jene Scheuche stehn;
Die großen Vögel möchten aus den Wäldern
Auch so auf mein Gewand herniederwehn,

Um Schultern krallen, flüstern in mein Ohr
Aus Mären, die im grünen Buch sie lasen,
Von Hugin und von Munin, Tyr und Thor,
Von Yggdrasill dem Weltenbaum der Asen,

Und von der Väter Dienstwerk beim Adepten,
Des Roten Leuen Sud, dem Blumengift,
Der Mauerspalte, drein sie bergend schleppten
Des siechen Herrn geheim erfundne Schrift,

Und anderes Gewinde, blumig kraus,
Altfränkisch duftend wie Levkojenblüten,
Was ihnen Nachtrab schrieb und Fledermaus
Und was sie selbst in klugen Häuptlein hüten.

Doch manche würden gleich die Scholle hacken
Um meine Füße, die zum Kosten lädt
So wie ein Würzbrot, feucht und frisch vom Backen,
Bereitet mit dem blanken Feldgerät,

An weißen Mandeln und dem Zitronat,
An Engerlingen sich und Würmern letzen,
Der Süße endlich satt zu Rast und Rat
Und schweigend sich auf meine Hände setzen.

Und einmal schlügen Schwärme, Riesenwehe,
Den wilden Flug aus Mitternacht mir nah

Mit harten Liedern, die nur ich verstehe,
In ihrem scharfen, ungefügen Krah,

Mit unheilvollem Braus im düstren Kleid
Und mit erzürntem, drohendem Bewegen;
So fielen sie in gotteslose Zeit
Und auf die Länder als ein schwarzer Regen,

Die Welt verstummte. Bis der Weiler stöhnte.
Und weithin klagte heulend eine Stadt
Zerfreßnes Auge, das den Vater höhnte
Und seiner Mutter Herz verstoßen hat.

Die Reiher

Die schwarzen Reiher flogen über grüngoldnes Birken-
gerinnsel:
Pfeilvögel, Speervögel mit starren Schnäbeln und Stelzen,
An einen rosa Himmel getuscht von chinesischem Pinsel
Unter Gewölkburgen, die in rauchblauen Ost sich wälzen.

Der Vögel verwunderte Augen spiegeln gewichtlose Erze,
Abends Geglüh. Sie zielen in reglose Ferne mit Hälsen.
Fort, fort über Hutweidenpappel, einsam auflodernde Kerze,
Fort, über Wildsuhle fort, umbäumt von finsteren Elsen.

Sie kennen nicht Fall aus der Höhe, nicht Beutelockung,
Ermatten.
Ihre Gefährten schlürften aus Teich, dem bauchigen Kruge,
Duckten sich dann ins Wipfelnest: Wärme und Schatten;
Ihnen sickern Gestirne milchig und kalt aus dem Fluge.

Warf eine starke Hand sie auf schwebende Reise,
Um von Nachwelt mit ewigen Flügeln den Lichtstaub zu
wischen

Oder am Ausgang des Alls doch nur bekömmliche Speise,
Sättigungslust aus trübem Tümpel zu fischen?

Die Reiher flogen ... Kleiner als eine Motte,
Nur scharf und dunkel der erste, den Spähblick einfangen
konnte;
Der zwölfte schien heller und größer. Ein letzter der Flotte
War dunstig grau und bedeckte die Horizonte.

Ernst Meister

Drossel

Wie lacht
das Grau der Luft, wächst
solchen Abends Gras
und Stille laut, schwebt
Motte, Blütenblatt, huscht hin
am Pfad Gesäm! Ach,

Drosselsingen, während
Grübeln lungert! Blut-
dunkle Buche. Den Alp
gedacht, es rage
ins Laub der Hals, das
Maul von einem jener ungeheuren
Tiere – äse. Grübeln

lungert (vielleicht
fragt sich selbst Gott
in dem Gespinst, ob
es ihn gebe und, sofern
ihm dies gewiß, er

Gott gewesen auch
der ersten Zeit). Grübeln

lungert, lugt
ins immer Dichtere. – Seele,
spät, dir selbst
zu schwer, wirf nicht
dein Blei ins
Drossellied. Das
endet jetzt.

Georg von der Vring

Die Drossel

Am Fenster war ein grünes Licht.
Ach, ist es schon der Morgenschein?
Die Drossel sang am Ohre dicht;
Ein starkes Lied, das fiel ihr ein.
Da stand ich auf und sah sie nicht
Vor lauter Schlaf und Morgenschein
Und rieb den Schlaf aus dem Gesicht.
Da drang der Morgen ganz herein.

Am Morgen, wenn kein Halm sich regt,
Und grau der Strauch in Knospen steht,
Der Himmel seine Sonne trägt,
Manch zarten Keim das Gartenbeet –
Ich seh sie wohl, die kaum bewegt
Überm Gezweig nach Osten späht
Und weiterflötet ungeregt,
Wenn jemand unterm Baum hingeht.

Vom Garten kühl noch übertaut
Und schon die Sonn an schwarzer Brust,
Sie flötet leis und flötet laut,
Ein schöner Quell der Weltenlust.
Die frühe Zeit ist ihr vertraut;
Ein frühes Lied wird dir bewusst.
Sing's leis wie sie und wieder laut,
Und dass du nichts verschweigen musst.

Christine Lavant

Über so hauchdünnen Schlaf
können nur Vögel gehen.
Unten im wachen Wasser
pflanzt sich das Hastige fort
ihrer halb schon fliegenden Schritte.
Oh, meiner Seele ist schwer!
Wer hat ihr den Stein um den Hals gehängt
und ihre Flügel verknotet?
Sie allein muß unten verharren
und ist doch die Mutter der hastigen Vögel
und kam einst über die tiefsten Wasser
zu der schimmernden Insel hinüber.
Jetzt horcht sie hinauf,
jetzt horcht sie hinab,
und während über den hauchdünnen Schlaf
die leichten Gedanken wie Vögel stelzen,
trommelt sie unten auf ihrem Stein:
Ehre sei Gott in der Höhe!

Günter Eich

Tauben

Taubenflug über die Äcker hin, –
ein Flügelschlag, der schneller ist als die Schönheit.
Sie holt ihn nicht ein, sondern bleibt mir
als Unbehagen zurück im Herzen.

Als wäre auch Taubengelächter vernehmbar
vor den Schlägen, den grün gestrichenen Zwerghäusern,
und ich beginne nachzudenken,
ob der Flug ihnen wichtig ist,
welchen Rang die Blicke zum Erdboden haben
und wie sie das Aufpicken des Korns einordnen
und das Erkennen des Habichts.

Ich rate mir selbst, mich vor den Tauben zu fürchten.
Du bist nicht ihr Herr, sage ich, wenn du Futter streust,
wenn du Nachrichten an ihre Federn heftest,
wenn du Zierformen züchtest, neue Farben,
neue Schöpfe, Gefieder am Fuß.
Vertrau deiner Macht nicht,
so wirst du auch nicht verwundert sein,
wenn du erfährst, daß du unwichtig bist,

daß neben deinesgleichen heimliche Königreiche bestehen,
Sprachen ohne Laut, die nicht erforscht werden,
Herrschaften ohne Macht und unangreifbar,
daß die Entscheidungen geschehen im Taubenflug.

Sarah Kirsch

RAUBVOGEL SÜSS IST DIE LUFT
So kreiste ich nie über Menschen und Bäumen
So stürz ich nicht noch einmal durch die Sonne
Und zieh was ich raubte ins Licht
Und flieg davon durch den Sommer!

Peter Huchel

Auffliegende Schwäne

Noch ist es dunkel, im Erlenkreis,
Die Flughaut nasser Nebel
Streift dein Kinn. Und in den See hinab,
Klaftertief,
Hängt schwer der Schatten.

Ein jähes Weiß,
Mit Füßen und Flügeln das Wasser peitschend,
Facht an den Wind. Sie fliegen auf,
Die winterbösen Majestäten.

Es pfeift metallen.
Duck dich ins Röhricht.
Schneidende Degen
Sind ihre Federn.

Johannes Bobrowski

Landschaft mit Vögeln

Alt, vorjähriges Gras
die Ebene, größer, die Hügel
alle versunken. Der See
weiß, verdehnt an den Horizont.
Dorther der Kranich. Hoch.
Über dem Licht. Dem eigenen
Schatten nach.

Und eine Stimme
wie ein Gehölz und voll grüner
Schatten, feucht, wenn das Wasser
zurückgeht. Lerche, der Stein
barst, auf dem du gesungen
Morgen um Morgen
vorm Lederzelt. Nur der Eine
hat dich gehört, erwachend,
Temudschin
hat dich gehört.

Einst, die ewige Zeit
geschlafen, vermauert, die Höhle
brachen sie auf, sieben Männer,
traten hervor. Ein Baum
hat mich umwachsen, mit harten
Rinden, wie Schlaf, im Gezweig
droben der Rabe
strählt sein Gefieder. Mein Baum,
zitternd, wo dich mein Herz
anschlägt, winterlich, aber
reißen wird deine Rinde nicht.

Ob auch der Schnee
herabstäubt
einst,
wenn der Rabe den Flügel rührt.

Ingeborg Bachmann

Mein Vogel

Was auch geschieht: die verheerte Welt
sinkt in die Dämmrung zurück,
einen Schlaftrunk halten ihr die Wälder bereit,
und vom Turm, den der Wächter verließ,
blicken ruhig und stet die Augen der Eule herab.

Was auch geschieht: du weißt deine Zeit,
mein Vogel, nimmst deinen Schleier
und fliegst durch den Nebel zu mir.

Wir äugen im Dunstkreis, den das Gelichter bewohnt.
Du folgst meinem Wink, stößt hinaus
und wirbelst Gefieder und Fell –

Mein eisgrauer Schultergenoß, meine Waffe,
mit jener Feder besteckt, meiner einzigen Waffe!
Mein einziger Schmuck: Schleier und Feder von dir.

Wenn auch im Nadeltanz unterm Baum
die Haut mir brennt
und der hüfthohe Strauch
mich mit würzigen Blättern versucht,
wenn meine Locke züngelt,
sich wiegt und nach Feuchte verzehrt,

stürzt mir der Sterne Schutt
doch genau auf das Haar.

Wenn ich vom Rauch behelmt
wieder weiß, was geschieht,
mein Vogel, mein Beistand des Nachts,
wenn ich befeuert bin in der Nacht,
knistert's im dunklen Bestand,
und ich schlage den Funken aus mir.

Wenn ich befeuert bleib wie ich bin
und vom Feuer geliebt,
bis das Harz aus den Stämmen tritt,
auf die Wunden träufelt und warm
die Erde verspinnt,
(und wenn du mein Herz auch ausraubst des Nachts,
mein Vogel auf Glauben und mein Vogel auf Treu!)
rückt jene Warte ins Licht,
die du, besänftigt,
in herrlicher Ruhe erfliegst –
was auch geschieht.

Günter Eich

Tage mit Hähern

Der Häher wirft mir
die blaue Feder nicht zu.

In die Morgendämmerung kollern
die Eicheln seiner Schreie.
Ein bitteres Mehl, die Speise
des ganzen Tags.

Hinter dem roten Laub
hackt er mit hartem Schnabel
tagsüber die Nacht
aus Ästen und Baumfrüchten,
ein Tuch, das er über mich zieht.

Sein Flug gleicht dem Herzschlag.
Wo schläft er aber
und wem gleicht sein Schlaf?
Ungesehen liegt in der Finsternis
die Feder vor meinem Schuh.

Die Häherfeder

Ich bin, wo der Eichelhäher
zwischen den Zweigen streicht,
einem Geheimnis näher,
das nicht ins Bewußtsein reicht.

Es preßt mir Herz und Lunge,
nimmt jäh mir den Atem fort,
es liegt mir auf der Zunge,
doch gibt es dafür kein Wort.

Ich weiß nicht, welches der Dinge
oder ob es der Wind enthält.
Das Rauschen der Vogelschwinge,
begreift es den Sinn der Welt?

Der Häher warf seine blaue
Feder in den Sand.
Sie liegt wie eine schlaue
Antwort in meiner Hand.

Walter Höllerer

Blauer Silberhäher

Blauer Silberhäher
Reißt mit seinem Schrei
Dem verborgenen Späher
Den Rock entzwei:

Wie's im Abend blutet,
Fleisch und Fetzen gelber Haut –
Rings umflutet
Ihn, den Bloßen,
Licht in großen
Feuerkreisen,
Daß das Harz aus Stämmen taut.

Ernst Meister

Vogelwolke

Ein Abend,
starrend von Staren …
und wärs auch
Wortspiel, es schafft sich
Wahrheit,
so schwarzes Gezwitscher,
ein unerhörtes
im Labyrinth.

Das muß
der Herbst sein. Er
runzelt die Braue:

die Vogelwolke
steigt auf aus
besudelten Wipfeln

und nimmt nach
Norden
unverständliche Richtung.

Sarah Kirsch

Der Meropsvogel

Der große
Sehr schöne Meropsvogel
Fliegt schon im Frühjahr kaum zeigt sich ein Blatt
Davon in den Süden wo Schatten
Höchst senkrecht fallen der Stein
Warm wie meine Augen-Blicke auf ihn

So hab ich gelernt: groß ist er stark schön wie
Ein Mensch und weiß man von ihm
Hört die Sehnsucht nicht auf. Er fliegt doch er sieht
Fliegend zurück, er entfernt sich, nähert sich trotzdem.
Über die Augen. Das Blut. Zum Herzen. O schöne Sage! Ein
Springen von Stein zu Stein; Hoffnung
Wo Raum und Zeit sich
Zwischen uns legen. Und kommt er wieder? Er kommt.
Herangesehnt zurückgewünscht erwartet erwartet
So blickt er fliegend zurück, mich nicht an.
Er naht er entfernt sich.

Uwe Greßmann

An den Vogel Frühling

Daunen dringen aus dir.
Davon kommen die Blumen und Gräser.

Federn grünen an dir.
Davon kommt der Wald.

Grüne Lampen leuchten in deinem Gefieder.
Davon bist du so jung.

Mit Perlen hat dich dein Bruder behaucht, der Morgen.
Davon bist du so reich.

Uralter, du kommst aus dem Reich der mächtigen Sonne.
Darum kommen Menschen und Tiere, und: Erde,
Dich zu empfangen.

Da du sie eine Weile besuchst,
Sind sie erlöst und dürfen das weiße Gefängnis verlassen,
In das sie der Winter gesperrt hat.
Und davon kommen die Sänger,
Die dich besingen.

Frühling, du lieblicher.
Du richtest den Kopf hoch.
Davon ist der Himmel so blau.

Und es wärmt uns alle dein gelbes Auge.
Und du siehst uns an.
Und darum leben wir.

Thomas Rosenlöcher

Spät

Da auch die Schwäne ihr Schlagwerk beenden –
Glatt liegt das Wasser, ein Schlaf.

Zum anderen Ufer reichen die Schatten
der Bäume regloses Dunkel, geschnitten

in regloses Dunkel. Ein Stern
geht auf den Grund und verzittert.

Schlaf ich. Schon sickert der See
ins Nachtlaub. Schon sinken die Zweige,

taumelt Schwarzfedernes schräg über mich.
Wer wird mich wecken. Wer ruft mich. Ich bleibe.

Ich bin der Wald

Johannes R. Becher

Der Wald

Ich bin der Wald voll Dunkelheit und Nässe.
Ich bin der Wald, den du sollst nicht besuchen,
Der Kerker, daraus braust die wilde Messe,
Mit der ich Gott, das Scheusal alt, verfluche.

Ich bin der Wald, der muffige Kasten groß.
Zieht ein in mich mit Schmerzgeschrei, Verlorene!
Ich bette euere Schädel weich in faules Moos,
Versinkt in mir, in Schlamm und Teich, Verlorene!

Ich bin der Wald, wie Sarg schwarz rings umhangen,
Mit Blätterbäumen lang und komisch ausgerenkt.
In meiner Finsternis war Gott zugrund gegangen …
Ich nasser Docht, der niemals Feuer fängt.

Horcht, wie es aus schimmlichten Sümpfen raunt
Und trommelt grinsend mit der Scherben Klapper!
Versteckt in jauchichtem Moore frech posaunt
Ein Käfer flach mit Gabelhorn auf schwarzer Kappe.

Nehmt euch in acht vor mir, heimtückisch-kalt!
Der Boden brüchig öffnet sich, es spinnt
Euch ein mein Astwerk dicht, es knallt
Gewitter auf in berstendem Labyrinth.

Doch du bist Ebene ... Voll Sang, mit flatternder Mähne,
Von sanftem Luftzug glatt zurück gekämmt.
Gekniet vor mich, von stechender Hagel Tränen
Aus globiger Wolken Schaff grau überschwemmt.

Ich bin der Wald, der einmal lächelt nur,
Wenn du ihn fern mit warmem Wind bestreichst.
Weicher umschlinget dürren Hals die Schnur.
Böses Getier sich in die Höhlen schleicht.

Die Toten singen, Vögel aufgewacht,
Von farbenen Strahlen blendend illuminiert.
Heulender Hund, verreckt die böse Nacht.
Duftender Saft aus Wundenlöchern schwiert.

Du bist die Ebene ... Hoch schwanket die Zitrone
Verfallenden Mondes, über deinem Scheitel grad.
Du schläferst ein mich Strolch mit schwerem Mohne,
Du, die im Traum ihm, blonder Engel, nahst.

Ich bin der Wald ... Goldbäche mir entsprungen,
Sie rascheln durch Schlinggräser mit Geflüster.
Wie Schlangen sanft mit langen Nadelzungen.
Es raset über mir der Sterne Lüster.

Ich bin der Wald ... Aufprasseln euere Länder
In meines letzten Brandes blutigem Höllenschein.
Es knicken um der eisigen Berge Ränder,
Gell springt der Meere flüssiges Gestein.

Ich bin der Wald, der fährt durch abendliche Welt, gelöst
Vom Grund, verbreitend euch betäubenden Geruch,
Bis meine Flamme grell den Horizont durchstößt,
Der löscht, der deckt mich zu mit rosenem Tuch.

Es ward der Blumen Wiese Gewölbe meines Grabes.
Aus meiner Trümmer Hallen sprießen empor der bunten
Sträuße viel.
Da jene Ebene sank zu mir hinab,
Wie klingen wir schön, harmonisch Orgelspiel.

Ich bin der Wald … Ich dringe leis durch euere Schlafe,
Da Lästerung und Raub und Mord ward abgebüßt,
Ich nicht Verhängnis mehr und schneidende Strafe.
Mein Dunkel euere brennenden Augen schließt.

Oskar Loerke

Märkische Landschaft

Umdämmerte Kiefern stehn kalt und stark.
Schon wachsen auf Wiesen die Nebel der Mark.
Noch lebt es auf dem Eise,
Der Schlittschuh schneidet Kreise.

Der Wald verschummert zum Geisterpark,
Bis oben stieg Rauhreif und Nebel der Mark.
Nichts schwebt mehr auf dem Eise,
Es starren die Schlittschuhkreise.

Sehr triefen und grauen die Nebel der Mark.
Weit hinten wächst Kiefernholz zum Sarg …
Es schleicht auf grauem Eise
Und schneidet Schicksalskreise.

Tannen

Die Sonne, schräg vom schwarzen Berg zerschnitten,
Licht meiner Sinnwelt auch, von Welt inmitten
Gespalten, halb verfinstert, bald bezwungen –

In Felsen und Erden übergegangen:
Heute benetzt sie die Schläfen nur noch den langen
Reglosen Tannen der Niederungen.

Ihre Schatten schlugen viel Zirkel im Grase,
Der Fingerhut dorrt in der Apothekervase,
Die Tannen ragen reglos noch immer.

Mit grünen Bärten, mit moosigem Schurze,
Es endigt das Menschenleben, das kurze –
Die riesigen Tannen ragen noch immer:

Die Sonne, vom Berge schräg zerschnitten,
Ist heute abend nach hundert Jahren nicht tiefer geglitten,
Die grünen Türme ragen wie damals, wie eben.

Bertolt Brecht

Tannen

In der Frühe
Sind die Tannen kupfern.
So sah ich sie
Vor einem halben Jahrhundert
Vor zwei Weltkriegen
Mit jungen Augen.

Wilhelm Lehmann

Dunkelnde Buchenblätter

Da sie bezaubert zaubernd hingen,
Hat sie der Südwind schnell verführt,
Von ihrer Schönheit angerührt.
Als sie an seinem Arm vergingen,
Erscholl ein leises Wehgeschrei:
Ist unsre Jugend schon vorbei?

Huflattich stiebt im Windestanz,
Zerrissen liegt ein Jungfernkranz,
Wie dunkel jetzt die Blätter hangen!
Sie fuhren durch das erste Bangen.
Gelassen hebt die Anemone
Die vielgespitzte Früchtekrone.
Vergängnis schreckt? Laß dich vernichten.
Die Söhne werden weiter dichten.

Hilde Domin

Buchen im Frühling

Wir gehen zu zweit hinein
zu den Buchen im Frühling.
So silbern, so glatt, so dicht beieinander
die Stämme.
Das helle Laub wie Wolken am Himmel.
Du siehst hinauf und dir schwindelt.
Du entfernst dich ein wenig:
drei oder vier Bäume
zwischen uns.

Du verlierst dich
als sei ein Urteil gesprochen.
So nah, so getrennt.
Wir werden uns nie wieder
finden.

Wilhelm Lehmann

Pappellaub

Es rauscht.
Wo kommt es her?
Das Laub der Pappel rauscht, als seien Blätter Meer.
Da niemand lauscht,
Laß mich es tun,
Den Kopf im Nest des Armes ruhn.

Die wilden Möhren
Blühn zu den Chören
Der Schlußgesänge
Im Mönchsgedränge
Des Starenschwarms.
Im Nest des Arms
Hör ich, es schallt:
Der Sommer wird alt.

Es rauscht.
Das Laub der Pappel rauscht, als seien Blätter Meer.
Sie schweigen, warten, schallen voller her,
Als freue sie, daß jemand lauscht.

Peter Huchel

Die Pappeln

Zeit mit rostiger Sense,
Spät erst zogest du fort,
Den Hohlweg hinauf
Und an den beiden Pappeln vorbei.
Sie schwammen
Im dünnen Wasser des Himmels,
Ein weißer Stein ertrank.
War es der Mond, das Auge des Ödnis?

Am Gräbergebüsch die Dämmerung.
Sie hüllte ihr Tuch,
Aus Gras und Nebel grob gewebt,
Um Helme und Knochen.
Die erste Frühe, umkrustet von Eis,
Warf blinkende Scherben ins Schilf.
Schweigend schob der Fischer
Den Kahn in den Fluß. Es klagte
Die frierende Stimme des Wassers,
Das Tote um Tote flößte hinunter.

Wer aber begrub sie, im frostigen Lehm,
In Asche und Schlamm,
Die alte Fußspur der Not?
Im Kahlschlag des Kriegs glänzt Ackererde,
Es drängt die quellende Kraft des Halms.
Und wo der Schälpflug wendet,
Die Stoppel stürzt,
Stehn auf dem Hang die beiden Pappeln.
Sie ragen ins Licht
Als Fühler der Erde.

Schön ist die Heimat,
Wenn über der grünen Messingscheibe
Des Teichs der Kranich schreit
Und das Gold sich häuft
Im blauen Oktobergewölbe;
Wenn Korn und Milch in der Kammer schlafen,
Sprühen die Funken
Vom Amboß der Nacht.
Die rußige Schmiede des Alls
Beginnt ihr Feuer zu schüren.
Sie schmiedet
Das glühende Eisen der Morgenröte.
Und Asche fällt
Auf den Schatten der Fledermäuse.

Karl Krolow

Pappellaub

Sommer hat mit leichter Hand
Laub der Pappel angenäht.
Unsichtbarer Schauder ist
Windlos auf die Haut gesät.

Zuckt wie Schatten Vogelbalg,
Spötterbrust, als winzger Strich:
Ach, schon wird es Überfall,
Wie sie blätterhin entwich!

Luft, die unterm weichen Flug
Kurzer Schwinge sich gerührt,
Schlägt wie blaue Geißel zu,
Die die dumpfe Stille führt.

Grüne Welle flüstert auf.
Silbermund noch lange spricht,
Sagt mir leicht die Welt ins Ohr,
Hingerauscht als Ungewicht.

Elisabeth Langgässer

Vorfrühlingswald

Schatten wie Hunde im grauen Gewaid,
Schwarzdorn, beflockt von der Häsinnen Kleid.
Sterne, wie milchig. Von Starre erlöst.
Leben, wer lebt dich? Wer ist's, der dich west?

Murmelnde Munde. Es steigt und verrinnt.
Surren und Sausen. Die Uralte spinnt.
Windgepeitscht, wirrt sich das Schlafgarn vom Strauch –
hört sie ihn ächzen? Und hört sie sich auch?

Grundwässer quillen. Geheimes Gefühl
zittert und zuckt durch der Erde Gestühl.
Yggdrasils Härte, sie harzte und schmolz,
und eine Gottheit wird hangen am Holz.

Paul Celan

ESPENBAUM, dein Laub blickt weiß ins Dunkel.
Meiner Mutter Haar ward nimmer weiß.

Löwenzahn, so grün ist die Ukraine.
Meine blonde Mutter kam nicht heim.

Regenwolke, säumst du an den Brunnen?
Meine leise Mutter weint für alle.

Runder Stern, du schlingst die goldne Schleife.
Meiner Mutter Herz ward wund von Blei.

Eichne Tür, wer hob dich aus den Angeln?
Meine sanfte Mutter kann nicht kommen.

Günter Eich

Ende eines Sommers

Wer möchte leben ohne den Trost der Bäume!

Wie gut, daß sie am Sterben teilhaben!
Die Pfirsiche sind geerntet, die Pflaumen färben sich,
während unter dem Brückenbogen die Zeit rauscht.

Dem Vogelzug vertraue ich meine Verzweiflung an.
Er mißt seine Teil von Ewigkeit gelassen ab.
Seine Strecken
werden sichtbar im Blattwerk als dunkler Zwang,
die Bewegung der Flügel färbt die Früchte.

Es heißt Geduld haben.
Bald wird die Vogelschrift entsiegelt,
unter der Zunge ist der Pfennig zu schmecken.

Karl Krolow

Der Baum

Gestern habe ich einen Baum gepflanzt
Und ihm den Namen
Meiner Unruhe gegeben.
Heute umspringt seine Hüften
Die Forelle des Lichts.
Das Silber kleiner Gespräche
Dringt durch sein Laub.
Es ist Versteck für alle Mittage.
Später lehnt der Abend
Eine goldenen Leiter
An seine Krone.
Die Nacht benutzt sie,
Um mit ihrer Hilfe den Himmel zu verlassen
Und in die Arme einer Gestalt zu sinken,
Die sich mit abgeblendeter Laterne
Bereit hielt.

Bertolt Brecht

Morgendliche Rede an den Baum Green

1

Ich habe Ihnen heute nacht bitter unrecht getan;
Ich konnte nicht schlafen, weil der Wind so laut war.
Als ich hinaus sah, bemerkte ich, daß Sie schwankten
Wie ein besoffener Affe. Ich schämte mich für Sie, Green.

2

Ich bekenne einfach, daß ich mich geirrt habe:
Sie haben den bittersten Kampf Ihres Lebens gekämpft.
Es interessierten sich Geier für Sie.
Sie wissen jetzt, was Sie wert sind, Green.

3

Heute glänzt die gelbe Sonne in Ihren nackten Ästen
Aber Sie schütteln noch immer Zähren ab, Green?
Sie leben ziemlich allein, Green?
Ja, wir sind nicht für die Masse ...

4

Ich konnte gut schlafen, nachdem ich Sie gesehen habe.
Aber Sie sind wohl müd heute? Entschuldigen Sie mein Geschwätz!
Es war wohl keine Kleinigkeit, so hoch heraufzukommen zwischen den Häusern
So hoch herauf, Green, daß der Sturm so zu Ihnen kann, wie heute nacht?

Peter Huchel

Ölbaum und Weide

Im schroffen Anstieg brüchiger Terrassen
dort oben der Ölbaum,
am Mauerrand
der Geist der Steine,
noch immer
die leichte Brandung
von grauem Silber in der Luft,
wenn Wind die blasse Unterseite
des Laubs nach oben kehrt.

Der Abend wirft sein Fangnetz ins Gezweig.
Die Urne aus Licht
versinkt im Meer.
Es ankern Schatten in der Bucht.

Sie kommen wieder, verschwimmend im Nebel,
durchtränkt
vom Schilfdunst märkischer Wiesen,
die wendischen Weidenmütter,
die warzigen Alten
mit klaffender Brust,
am Rand der Teiche,
der dunkeläugig verschlossenen Wasser,
die Füße in die Erde grabend,
die mein Gedächtnis ist.

Johannes Bobrowski

Begegnung

Vom überhängenden Baum
mit Namen
rief ich den wütenden Fisch.
Ich schrieb um den weißen Mond
eine Figur, geflügelt.
Aufträumt ich des Jägers Traum,
er beschlafe ein Wild.

Gewölk zieht über den Strom,
das ist meine Stimme,
Schneelicht über den Wäldern,
das ist mein Haar.
Über den finsteren Himmel
kam ich des Wegs,
Gras im Mund, mein Schatten
lehnte am Holzzaun, er sagte:
Nimm mich zurück.

Walter Werner

Meine Bäume

In Wäldern ausgelebt,
in Büchern festgeschrieben.
Im roten Schweif eines Transparents
und im grauen Blick des Betons.

Vor den Toren reißt
ihre grüne Einfalt auf,

ein blattloses Winken,
weithin in den Tag gefallen.
Der Luftsee schiefe Schaukel,
die unauflösliche Signale gibt.
Zur Hälfte geborsten
Und von Halbheit bedrückt,
schweigen die Chausseen
ihre erloschenen Stämme hinauf.

Schlagbäume, die Wipfel genommen,
von den Wurzeln geschlagen;
können nicht rauschen
und dürfen nicht schlafen.

Johannes Bobrowski

Dryade

Birke, kühl
von Säften, Baum, der Atem
in meinen Händen, gespannt
Rinde, eine weiches Glas,
aber zu spüren tiefer
Regung, die Dehnung hinauf
im Stamm,
den Verzweigungen zu.

Laß,
in den Nacken hinab,
laß fallen dein Haar, ich hör
in meinen Händen, ich hör
durch die Kühle, ich hör ein Wehen,
hör anheben die Strömung,

steigende Flut,
den Taumel
singen im Ohr.

Erika Burkart

Dryade

Im Wachtraum kam
Vom Flüstern eines Baumes mir
Erinnerung an eine Zeit,
da blättern war mein Haar und ich
mit Wurzeln griff, mit Knospen fühlte,
den Himmel atmete, die Erde trank,
und manchmal, schmal und lautlos, trat
in eure innigen Gesichte:
ein leichtes Wehn, ein Wink, ein Lächeln
im Äthergold.

Gertrud Kolmar

Weide

Über dir mein Singen wie Regen,
Glitzernd sprühnder Staub,
Und du sollst darunter dich legen
Mit dem süßen Laub,
Junge Weide, zärtliche Flechte,
Die aus dem Spiegel trinkt,
Der vom Weinen armer Nächte
Sich erfüllt und blinkt.

Demut weicher fließender Strähne,
Still verwehtes Haupt,
Das dem Kreisen der Höckerschwäne,
Ihrem Schweigen glaubt;
Lächelnd tauchen Kräuselgestalten
Dir aus Haaren, Kind,
Wenn ich wiegen dich darf und falten
In einem nilblauen Wind.

Wächst du tief durch schlammige Gründe
An den Quellkristall,
Stößt die Wurzel dir aus Sünde
Mitten ins strömende All,
Wird ein Otterfisch sie nagen
Mit vergiftendem Biß,
Will ich Stürme um dich schlagen,
Schleier, die ich riß,

Mutter, dich auf Wassern tragen
In meine Finsternis.

Sarah Kirsch

Bäume

Früher sollen sie
Wälder gebildet haben und Vögel
Auch Libellen genannt kleine
Huhnähnliche Wesen die zu
Singen vermochten schauten herab.

Thomas Rosenlöcher

Der Wald

Ich saß auf einem Stumpf in der Natur.
Engelsgras klirrte hin und her im Schauern
von irgendwelchen Flügeln, die mich wohl
ein wenig streiften, daß ich sprach: Ach Wald.
Denn rechts vom Kahlschlag standen ein paar Fichten,
bis auf die Knochen dürr, doch an den Spitzen
lebendig grün. Und unterhalb die Schwestern,
hockende Häuflein, tüpfelten den Hang
und füllten bald das Tal und drängelten
einander schubsend aufwärts bis zum Fuß
des Stamm bei Stamm, im letzten, schrägen Licht
mit Ästen, dichtbepelzt und abwärtskurvend,
inwendig golden aufgerührten Walds.
Darüber andrer Wald stand, reglos nickend,
den Wald- um Waldwand wortlos überragte.
Und dies so fort. Doch das war erst der Anfang.
Denn hinter Nebeln wie von Anbeginn
kopfüber zwischen all den Zapfenschüttlern,
zog eine ferne Wipfelkette
über die Tiefen abgelegner Täler
mühelos hin. Die zartfiedrigen Spitzen
teils ganz gerade dicht an dicht gereiht,
teils sich ein wenig zueinanderneigend
oder gebeutelt, der kreuz und der quer,
als allgemeines Wipfeldurcheinander.
So schon verschmelzend mit der Dämmerung,
doch weitersteigend, da ich ging, zu kurz
schien mir mein Leben, rasch vorüber
an einer Quelle, die ein Rohr bald schluckte,
und mit dem Zug fuhr, mitten durch die Nacht,
durch Städte fauchend unterm Abgeblasen,
verstreute Lichter, tausendfachen Schlaf.

Doch als ich morgens ankam zwischen Häusern,
hatte der Wald, im Schneckengang die Frühe
rändernd, den höchsten Punkt erreicht und stand
donnernd im Licht als riesenhafter Berg.
So blieb sein Bild mir noch für ein paar Jahre.
Daß alles Schaun nur Abschied war.
Ich saß in der Natur auf einem Stumpf.

Im Gewitter der Rosen

Peter Huchel

Der glückliche Garten

Einst waren wir alle im glücklichen Garten,
ich weiß nicht mehr, vor welchem Haus,
wo wir die kindliche Stimme sparten,
für Gras und Amsel, Kamille und Strauß.

Da saßen wir abends auf einer Schwelle,
ich weiß nicht mehr, vor welchem Tor,
und sahn wie im Mond die mondweißen Felle
der Katzen und Hunde traten hervor.

Wir riefen sie alle damals beim Namen,
ich weiß nicht mehr, wie ich sie rief.
Und wenn dann die Mägde uns holen kamen,
umfing uns das Tuch, in dem man gleich schlief.

Gertrud Kolmar

Garten

Mein wilder Wein singt rubinene Lieder.
Der braungoldne Abend wird blasser;
Draus träufen die Birken endlos hernieder
Wie springende Wasser.

Eine sanfte Hand malt mit dunklerm Getusch
Der Dahlie purpurnen Stern;
Goldraute lockert den schwebenden Busch,
Und die Bienen sind fern.

Das bebende Gras um meine Füße,
Gerne trät ich es nicht:
Verweint und kühl und weich und voll Süße,
Ein Kindergesicht.

Die Beerensträucher wuchern, verrotten
Fahl und unform im Westen.
Schwerfällig lösen sich Bergamotten
Aus tragenden Ästen.

Die schwefelfarbige Rose erlischt,
Und große schwarztrauernde Frau
Steht eine Tanne am Himmel und fischt
Sterne im Grau.

Silberne Flosse zittert und blinkt
Um die Verdüsterte her.
Bläue rauscht, mein Garten versinkt,
Eiland, im Meer.

Oskar Loerke

Garten

Besänftigender Winde Schritte
Sind in der Hecke auf der Wacht,
Von Laurin, Herren der Jahresmitte
Und Herrn der Rosen, angefacht.

Es ist, sie fegen aus dem Garten,
Mit sommerheiterer Geduld,
Was welther weht: soviel des Harten,
Soviel der Qual, soviel der Schuld.

Soviel der Unschuld nährt im Engen
Das Feuer, menschenunerweckt;
Es kann davon die Hand versengen,
Was eine halbe Hand bedeckt.

Verwunschen stille Selbstgefühle,
Kokardenblume, Bärenklau.
Verschollner Gram und Ahnungskühle,
Lavendelruch, Lavendelblau.

Gedanken viel im Eingedanken,
An Balsamquellen Schar bei Schar,
So spielen Sterne, Glocken, Ranken
Nach außen, was geist-innen war.

Entblättern Rosen mit dem Tage,
So scheinen sie alther zu schnein
Zu ihres bösen Königs Klage
Aus spitzem Dolomitgestein.

Thomas Rosenlöcher

Der Garten

Im Garten sitze ich, am runden Tisch,
und hab den Ellenbogen aufgestützt,
daß er, wie eines Zirkels Spitze,
den Mittelpunkt der Welt markiert.
Ein Baum umgibt mich mit vielfachem Grün,
und langsam steigt das blütenreiche Meer
des frühen Jahrs. Die Vögel brülln wie irr.
Über mich hin spazieren schöne Schatten,
und Blütenblätter fallen auf den Tisch
und schmelzen, Schnee! Die Äste triefen schwarz,
und von der Straße her kommt ein Geräusch,
das war mein Leben. Plötzlich bin ich Luft
und sitz noch hier und rede zu dem Baum,
ob er nicht doch die Länder wechseln könne,
sein unerhörtes Blühen aufzuführen,
wo einer noch mit seinem Ellenbogen
den Mittelpunkt der Welt markiert.

Peter Huchel

Der Zauberer im Frühling

Der in der Weidenhöhle wohnt,
er schreitet im Nachmittagsmond,
wenn leis die Flußmusik ertönt
und den verschilften Weg verschönt.

Er schleift im Kreis den langen Rock,
die Hand am krummen Wurzelstock,

und wippt und wirft vom weidnen Ast
die zeisiggrüne Vogellast.

Wie Hagel durch die Hecken klirrt,
von blitzenden Libelln umschwirrt,
steigt er durch Lattich und Geäst,
die Enten jagend aus dem Nest!

Den Stock stößt er ins Muschelweiß,
die Unke ruft im Wasserkreis.
Die Fische ziehn um seine Hand,
löst er die Algen aus dem Sand.

Er bläst auf Gras, sein Lockruf schnalzt,
im Rohr die Bekassine balzt.
Er hebt die Trommel aus dem Arm
Und paukt empor den Vogelschwarm.

Die Schritte tönen grillenlaut,
und wiesenblütig raucht das Kraut,
die Mückenwolke summt am Hang,
wiegt er sich im Windzaubergang.

Um totes Holz geht er und pocht,
die Grube alter Früchte kocht.
Die Wespen singen drüber wild,
bis Harz und Honig süßer quillt.

Er teilt das Schilf, das Zittergras
und schwingt den Mond, die Sichel blaß,
und schlägt die Flamme der Salbei
blau brennend in den Kuckucksschrei!

Zerstöbert weht das Blätterdach.
Die grüne Echse raschelt nach.
Ins Weidicht steigt er, wo er haust,
laut paukend, daß der Wind erbraust.

Oskar Loerke

Die Laubwolke

Beständig ist das leicht Verletzliche.

Lange hing die grüne Wolke über der Erde.
Wohin ging sie?

Im neuen Frühling schwebt sie wieder an
Und erfüllt ihren Ort
Zwischen Grund und Höhe.
Vom Winde gesteuert,
Vom Regen gedrängt,
Vom Licht gehoben,
Kehrt sie immer zurück
Und bleibt so viele Jahre.

Jedesmal in den herbstlichen Lichtern
Klagts aus ihr: ich sinke, warum ich?
Und lauter mit dem Sinn von Dichtern:
Es stürzt mich, ja, warum nicht mich?

Wird es dann Winter –
Im Himmel kriecht gekrümmtes Gestäbe,
Den einmal gewachsenen Abstand nicht ändernd,
Eins des andern vielleicht nicht gewahr,
Doch besammen in gleicher Spreizung.

Zwischen Grund und Höhe,
Von der Säge des Gärtners unzerrissen,
Von der Axt des Fällers nicht getroffen,
Bleibt das Gesetz:
Beständig ist das leicht Verletzliche.

Wilhelm Lehmann

Fallende Blütenblätter

Ließ der Blick sich gern verirren,
Sehnsuchtsoffen blauer Weite,
Will ihn grüne Nähe kirren
Zwischen Busch und Wälderbreite.

Grüne Federn, grüne Dächer
In der Neige vor dem Winde,
Esche schlägt mit grünem Fächer,
Ahornblatt und Herz der Linde.

Grünes Tanzen, grünes Winken,
Zum Ade ein Händereichen –
Löwenzahn darf vor dem Sinken
Einer Weltenkugel gleichen.

Leises Leben, leises Sterben.
Ehe sich die Früchte wagen,
Weiße Kronen, seid ihr Scherben,
Still ins Nichts zurückgetragen.

Eh sie meine Wange rührten,
Gondelfahrt auf grünen Wogen,
Hat die Luft die schnell Entführten
Liebesdurstig eingesogen.

Elisabeth Langgässer

Tulpen an der Frühlingswende

Stürzt der Bienen Duftgeläute
Dunkel aus dem Weißdorn nieder,
Morgen, ach, nicht mehr wie heute,
Aber heute immer wieder:

Mit Chorälen wie von Engeln
füllen dann die Tulpenvasen,
schwankend über hohen Stengeln,
sich im windbewegten Rasen.

Darf so fest Form verweilen?
Gras und Granne widersagen,
Federkugel im Enteilen
muß der Dauer sich entschlagen.

Glühend welkt entlang den Rändern
Dunst und Glast der Feuergeister,
und die Schar mit Blitz und Bändern
kennt in Oberon den Meister.

Tulpenblüten, ihn zu fesseln,
Schlagen auswärts ihre Throne,
doch auf den zerstörten Sesseln
weist er Zepter ab und Krone.

Voller Hauch, noch spröd verriegelt.
dringt aus anderen Gefäßen,
neue Liebe wird besiegelt,
böser Zauber ist gewesen.

Eine Schöne, rein durchwaltet,
Sich entzog dem Todeslose,

denn aus Duft, in Duft gefaltet,
formte sich die erste Rose.

Ernst Meister

Euch, Tulpen, Narzissen

Da mich mein
Traum gereut:
euch, Tulpen, Narzissen,
bekenn ich den Traum:

daß ich stand
hoch über Grüften
auf Lerchenstiege
gealterten Turmes, ein
Räuber der Glocken, der
stundentönenden;

die ich hinabstieß
beim Zürnen der Engel, beim
Schrei'n der Dämonen.

Euch, Tulpen, Narzissen,
bekenn ich
den Traum.

Elisabeth Langgässer

Panische Stunde

Wenn die Grasblüte stäubt von der winzigen Spindel,
und die Nymphe des Herzgespanns läßt ihrer Hand
überdecktes Gebild unter brennenden Schatten
bis zur Erde hinsinken in jähem Ermatten,
weil die Wolfsmilch ihm fleckte den Rand.

Wenn vor Wollust erzittert der Gräben Gesindel,
und die Winde sich schlängelt mit folgsamem Leib
um die Hüfte des Ampfers, den Nacken der Nessel,
selbst das Wuchernde wieder mit Faden und Fessel
Übereinigend: »Rumpelstilz, bleib!« –

In der Glut, wenn des Wegerichs flache Rosette
schließt der Erdgöttin Schoß und mit körnigem Stiel
ihrer Singvögel Mund in plutonischer Tiefe,
daß nicht Kore nach Heil, noch Eurydike riefe,
und sich lautlos in finsterer Zeugung verkette,
was der kochenden Stunde verfiel – –

Rose, ach, wie fern
ist dann dein Gesicht!
Muschelhaus und Stern
sind sich ferner nicht

Als dein Seelenbild
– mitten im August –
und die trostlos wild
aufgedeckte Brust,

Die sich füllt und leert,
wolkig, ohne Saum,
immer noch beschwert
und gewölbt im Traum.

Rose, ach, wie nah
ist uns dann dein Schein,
den Calendula
sich und Malve leih'n,

wenn ihr Dasein schwankt
über grünem Rauch,
der dämonisch rankt,
überrankend auch

Rumpelstilzchens Schuh,
Flachs und Immortell – –
holdes Antlitz du,
rundgebogen, hell!

Günter Eich

Später Mohn

Rot überm Rüben-
acker entflammt,
Mohn, der von drüben
dem Acheron stammt,
wie der Oktober ihn pflückt,
von alternder Sonne berückt.

Dunkler am Blüten-
grunde bestaubt,
hebt sich aus Mythen
entschlummert ein Haupt.
Charon mit Helios scheint
In Hufschlag und Ruder vereint.

Mohn, ist das Schreien
eben verstummt,
weich in die Schleier
des Herbstes gemummt,
wie er die Schönheit bedenkt,
die Lider zum Schlafe gesenkt?

Gottfried Benn

Anemone

Erschütterer –: Anemone,
die Erde ist kalt, ist Nichts,
da murmelt deine Krone
ein Wort des Glaubens, des Lichts.

Der Erde ohne Güte,
der nur die Macht gerät,
ward deine leise Blüte
so schweigend hingesät.

Erschütterer –: Anemone,
du trägst den Glauben, das Licht,
den einst der Sommer als Krone
aus großen Blüten flicht.

Erich Arendt

Frühlingsaster

das meiste nämlich
vermag die Geburt
Hölderlin

Letzte Gründe, dunkel
hinter den Augen

aufgeht dennoch
im Fleisch
Geheimes

innen bewimpert

du willst ich will
(blütenoffen)

sein.

Sie fischen aber
aus dem Fluß
die geopferte
Lieblosigkeit

Tod.

Christine Busta

Die Sonnenblume

Schon senkt das dunkle Auge sie zur Erde
von goldnen Flammenwimpern schön umsäumt,
indes das Jahr die müden Felder räumt.
O reifer Stolz, o Demut der Gebärde!

Die Vögel fliegen gierig ins Gesicht
der Dulderin und lösen ihr vom Grund
die Samensterne. Doch das leere Rund
träumt noch erblindet neuer Sonnen Licht.

Peter Huchel

Die Sonnenblume

Drei Laub an einer Sonnenblum
umblühn den Beerentisch.
Ein Vogel pickt an schwarzer Krum
Und stöbert im Gebüsch.

Das spröde Holz am Brombeerzaun
trägt auswärts Früchte viel,
ganz erdige, von Sonne braun
und Regen innen kühl.

Wo alles steht streng ausgereift,
wer prüft und erntet recht?
Der schwarze Vogel pickt und pfeift
und schont die Wurzel schlecht.

Georg Britting

Die Sonnenblume

Über den Gartenzaun schob sie
Ihr gelbes Löwenhaupt,
Zwischen den Bohnen erhob sie
Sich, gold und gelb überstaubt.

Die Sonne kreist im Blauen
Nicht größer, als ihr gelbes Rad
Zwischen den grünen Stauden,
Den Bohnen und jungem Salat.

Christine Lavant

Die Sonnenblume leuchtet durch die Zeit,
am hohen Mittag wird der Mohnkopf größer –,
gebrochnen Flachs prüft abends der Erlöser,
die Nacht webt still das nahtlos schwere Kleid.

Wie schwarze Kreuze flüchten durch das Rot
die letzten Vögel – bebende Gedanken! –
Geliebte Stirne schläft in Dornenranken,
der Mond im Weiher überwacht den Tod.

Fast jeder Herzschlag wird zum Hammerschlag!
O armes Werkzeug, wem zuleid erfunden?
Aus lauen Träumen treten strenge Stunden
und fragen kurz, wer Schwamm und Essig mag.

Bis du noch da, der alles dies vergibt?
Im Morgenstern erstrahlt dein schönstes Schweigen.

Die Sonnenblume muß im Frost sich neigen,
nahtloser Schmerz verkleidet den, der liebt.

Ein irrer Vogel fällt den Mohnkopf an,
gekröntes Näpflein voll von dunklen Worten.
Verworfnen Flachs näht jetzt zu blassen Borten
Das nackte Herz. Im Dorf kräht grell ein Hahn.

Karl Krolow

Sonnenblumen

Gewaltig schwenken sie ihr Haupt.
Sie wuchsen stark im Fleische auf.
Sie prahlen breit und fettbelaubt
Und drehn sich nach dem Sonnenlauf.

Sie raubten Feuer dem Gestirn
Und hüten gelb ihr fremdes Licht.
Es schlägt der Tag mit Flammen dicht
Aus ihrem Geist, sengt Pflaum' und Birn'.

Sie lodern steil und mittagstoll
Und leuchten groß wie ihr Geschick.
Gewitter fassen ihr Genick.
Sie sind vom Sommer übervoll.

Bis eines Tags der Sperling praßt,
Mit scharfem Schnabel sie zerfleischt.
Sie sterben sanft und ohne Hast.
Der Häher ihren Tod bekreischt.

Elisabeth Langgässer

Orpheus mit der Rose

Bist du, mir emporgesandt,
endlich wieder da?
hundertblättriges Gewand,
ließ dich los des Hermes Hand,
noch zum Greifen nah?

Todesgöttin, ernst verhüllt
wie ein Nardenkrug,
Duft, der maßlos höher schwillt,
Balsam, der dem Schoß entquillt:
Ist's der Qual genug?

Brüste, kennt ihr schon nicht mehr
den, dem es gefiel,
euren Bug, begierdeleer
zu berühren, zart und schwer
wie ein Saitenspiel?

Hüften, Schenkel, Glied und Glied
Tiefen Schlafes voll …
Daß der Traum euch niederzieht,
oder wollt ihr, daß mein Lied
euch erwecken soll?

Stille. Wie in Plutos Haus
weder Ja, noch Nein.
Leise schlüpft zurück die Maus,
doch ein Name weht voraus
wie des Morgens Schein.

Sein Gewölbe sphärisch legt
sich um meinen Leib:

Mutter, die mich mystisch hegt,
Ungeborenen mich, trägt,
heute sagst du: »Bleib!«

In dem Hauch der Rose ruht
wunschlos mein Geschlecht.
Wenn einst der Mänade Wut
mir zerstücket Fleisch und Blut,
ist es Orpheus recht.

Haupt und Leier schwimmen dann
auf dem Samenstrom.
Beides ward ich: Weib und Mann,
Allnatur, erlöst vom Bann,
Wurzel und Arom …

Ingeborg Bachmann

Schatten Rosen Schatten

Unter einem fremden Himmel
Schatten Rosen
Schatten
auf einer fremden Erde
zwischen Rosen und Schatten
in einem fremden Wasser
mein Schatten

Wilhelm Lehmann

Rosen im Mittagsbrande

Der hundertfältige Leib
Blüht auf zur großen Stunde,
Die mit dem luftigen Munde
Im Wohlgeruch der Glieder wühlt.
Der heiße Buhle nimmt
Die Schönen, bang gekrümmt,
Die Narbe schauert wie ein Weib.

Verschließt euch denn der Macht
Des grausam weichen Stoßes,
Der nach des holden Schoßes
Goldbrauner Mitte zielt.

Sie aber folgen lüstern
Den sinkenden Geschwistern –
Um meine Füße spielt
Der Leichen bunte Pracht.

Ingeborg Bachmann

Im Gewitter der Rosen

Wohin wir uns wenden im Gewitter der Rosen,
ist die Nacht von Dornen erhellt, und der Donner
des Laubs, das so leise war in den Büschen,
folgt uns jetzt auf dem Fuß.

Paul Celan

Psalm

Niemand knetet uns wieder aus Erde und Lehm,
niemand bespricht unsern Staub.
Niemand.

Gelobt seist du, Niemand.
Dir zulieb wollen
wir blühn.
Dir
entgegen.

Ein Nichts
waren wir, sind wir, werden
wir bleiben, blühend:
die Nichts-, die
Niemandsrose.

Mit
dem Griffel seelenhell,
dem Staubfaden himmelswüst,
der Krone rot
vom Purpurwort, das wir sangen
über, o über
dem Dorn.

Undine geht

Oskar Loerke

Die Schalen der Waage

Ein starker Arm schwang mich hinaus,
Zu schlafen über Wolken.
Dort senkt sich keines Fischers Angel
Von Blumenufern zu den Teichen;
Es ist an süßen Wassern Mangel,
Nur Nebelwogen streichen.
Und auch kein Mohn will da gedeihen
In Einzelstauden und in Reihen. –
Ein schwacher Arm stützt mich nach Haus,
Zu schlafen unter Wolken.

Strom

Du rinnst wie melodische Zeit, entrückst mich den Zeiten,
Fern schlafen mir Fuß und Hand, sie schlafen an meinem
Phantom.
Doch die Seele wächst hinab, beginnt schon zu gleiten,
Zu fahren, zu tragen, – und nun ist sie der Strom,
Beginnt schon im Grundsand, im grauen,
Zu tasten mit schwebend gedrängtem Gewicht,
Beginnt schon die Ufer, die auf sie schauen,
Spiegelnd zu haben und weiß es nicht.

In mir werden Eschen mit langen Haaren,
Voll mönchischer Windlitanei,
Und Felder mit Rindern, die sich paaren,
Und balzender Vögel Geschrei.
Und über Gehöft, Wiese, Baum
Ist viel hoher Raum;
Fische und Wasserratten und Lurche
Ziehn, seine Träume, durch ihn hin –.
So rausch ich in wärmender Erdenfurche,
Ich spüre schon fast, daß ich bin:

Wie messe ich, ohne zu messen, den Flug der Tauben,
So hoch und tief er blitzt, so tief und hoch mir ein!
Alles ist an ein Jenseits nur Glauben,
Und Du ist Ich, gewiß und rein.

Zuletzt steigen Nebel- und Wolkenzinnen
In mir auf wie die göttliche Kaiserpfalz.
Ich ahne, die Ewigkeit will beginnen
Mit einem Duft von Salz.

Johannes Bobrowski

Wiesenfluß

Kalt ist der Sommer, Licht
fährt mit Segeln, der Fisch
mit den Flossen
steht auf der Schattenspur.

Ich bin gewachsen zu hören
die Quelle im Kalmusherzen,
weiß und rötlich, die Dehnung,
ich komm, und der Wasserläufer
unterbricht sich, der Fisch
stürzt mit dem eigenen Glanz
über die Tiefe.

Hör, hier bin ich, ich geh
umher
in der Kälte des Sommers.

Peter Huchel

Der Knabenteich

Wenn heißer die Libellenblitze
im gelben Schilf des Mittags sprühn,
im Nixengrün der Entengrütze
die stillen Wasser seichter blühn,
hebt er den Hamen in die Höhe,
der Knabe, der auf Kalmus blies,
und fängt die Brut der Wasserflöhe,
die dunkel wölkt im Muschelkies.

Rot blüht um ihn die Hexenheide,
fischäugig blinkt der Teich im Kraut.
Der graue Geist der Uferweide
wird über Sumpf und Binsen laut,
wo dünn der Ruf der scheuen Unken
tönt wie ein Mund der Zauberei ...
Der Knabe horcht, ins Ohr gesunken
sind Wind und Teich und Krähenschrei.

Verzaubert ist die Mittagshelle,
das glasig grüne Algenlicht.
Der Knabe kennt die Wasserstelle,
die anders spiegelt sein Gesicht.
Er teilt das Schilf, die splittrig gelbe:
froschköpfig plätschert hoch der Nick -
und summt und spritzt und ist derselbe
wie einst mit tierhaft wildem Blick.

Und auch der Teich ist noch derselbe
wie einst, da dein Mund Kalmus blies,
dein Fuß hing ins Sumpfdottergelbe
und mit den Zehen griff den Kies.
Wenn dich im Traum das teichgrüntiefe
Gesicht voll Binsenhaar umfängt,
ist es als ob der Knabe riefe,
weil noch dein Netz am Wasser hängt.

Ernst Meister

Deltagebiet

Schweigen. Camargue.
Der Halm schmeckt Salz.
Das Meer weicht noch immer.

Schiff oder Meer oder Horizont,
wohin fährst du?
Horizont, von den Feuertürmen
ermahnt und verzweifelt gerufen,
warum entfernst du dich listig?

Delphin, der den Rand der Welt
diese Nacht übersprang,
wie erreich ich dich je?

Erich Arendt

Herbst der Meere

Mit grünen Himmeln brach
die Kälte ein:
steinernes Wehren
im Geschling der Fluten!
So fehlgeboren und
erdverwaist
sank alles Licht ins Meer,
den weiten wimperlosen Blick
geschlossen.
Und überm schwarzen Schaume stand
einsamer Dornenring
der abgestreiften Tage.

Nun:
nichts denn
des Todes wehendes Gelock
und oben stets
und unsichtbar im Nichts
das greise Räderwerk der Sterne.
Wie es aus Uferlosem schweigt:
o du zerfetzte
letzte Helle
eines Wolkenrands, und dann
die Nacht, mit hohlem Flügel
fahrend. Im Buschwerk blutete,
verschmäht
von Vogelflug und Wind,
des Himmels altes Wanderherz zugrund.

Schattenspur, du späte Zeit,
auf Sand und Schläfenbein!
Reißt wann des Mondes
messerweiße Schneide, sekundenhell,
die Insel aus dem Ausgelöschten,
daß silbern flüstern
»Hütten Gräser« deine Lippen?
Wo schwarze Algen nachtwärts schwammen,
uns ist am Ufer nur
das Salzskelett
der Steine.

Gen Morgen brüllt doch noch
im Nebelgrund
ein Horn,
und krümmt am Wege,
riesenhafte Schnecken, bleiche Furcht.
Bis fern, gebrochnen Auges,
glimmt ein fahler Tag.
Vergessen stehn

der Wälder
schwarze dünne Fahnen.

Peter Huchel

Undine

Mit dem Jahr wächst das Schilf
und die bräunlichen Kolben
brechen wollig auf.

Der Fischer, der morgens
durchs Wasser watet,
schiebt den teerigen Kahn
an meiner Schulter vorbei.

Eine Legende bin ich,
ein Wasser grau bewegt,
in dem die Reusen
und Blätter schwimmen.

In Wurzelkörben
unterwaschener Weiden
schwankt mit dem Laich
der Fische mein Schmuck,
vom Maul der Hechte bewacht.

Wenn die Libellen
im Sommer das Licht vergittern,
das unbewegliche Licht
von Rohr und Wasser,
lieg ich im Kerker des Sees.

Die Rohrdommel steht,
ein Weidenpfahl,
im sickernden Grün der Algen.
Und hinter Nebelwolken der Mond,
eine graue Hornissenwabe.

Johannes Bobrowski

Undine

Aus ihren Schatten
herauf
die ungesprochene Rede,
aus Blättern
ein gebogener Arm.

Du betrittst eine Brücke.
Du trägst die Blüte über dem Mund.
Du verbirgst dich an Türmen.
Du wirfst den springenden Kiesel fort.

Feuer habe ich nicht.
Im Stroh die Vögel schlafen.
Hörbar leben im Dach
Flügel und Futterschrei.

Atem,
trag mich.
Dunkel,
sprich mit den Händen.
Wassergeräusch baut Nester
in die gefiederte Stille.
Unter dem Wasser die Häuser

halten Türen geöffnet,
Fenster, aus Steinen eine
Treppe tritt vor

Erika Burkart

Der Fluß

Gewaltig,
doch geufert.
Bleibt
das Nachsehn
in der Dämmerung,
wenn er weiß wird,
zwischen Auenwäldern
das letzte Licht
in einen mythischen
Osten trägt.

Kommt und geht, mündet
hinter der Brücke
in den geneigten
silberflüssigen Himmel,
auf und ab
seine Wolken im Wasser.

Alles fließt. Die Weiden
ziehn gegen den Strom,
ich ziehe, es zieht mich,
Undine geht.

Karl Krolow

Der treulose Fluß

Der Geruch von Süßwasser
Ist noch im Unterholz,
Wenn auch der Fluß
Seit einiger Zeit
Die Richtung wechselte.
Die Umrisse der Badenden
Haben sich zwischen den Bäumen erhalten.
Doch die Strömung suchte
Ein anderes Bett.
Am Ufer kann hier niemand mehr
Schach mit dem Licht spielen,
Und der Geschmack
Von heißem Wellblech und Zärtlichkeit
Hat sich auf der Zunge verloren.
Der Fluß zog ihn nach sich
Wie die Fische und Ruderboote.

Aber Beerensammler fanden
Undine tot unter Blättern.

Christine Busta

Frühling am Strom

Die Jahre, die nicht wiederkommen,
sie fahren ohne Schiff vorbei.
Die Toten werden mitgenommen.
Es kommen Wiesen angeschwommen,
verwest zu braunem Zottelheu.

Wer hat ihr grünes Haar geschnitten,
wer schlief darin vergangenes Jahr,
als es noch von gewährten Bitten
und Küssen feucht und duftend war?

Der Winter fraß die stolzen Schober,
bald rauft das Vieh den frischen Flor,
wo unter Sternen im Oktober
der Unbehauste fluchend fror.

Wer reißt die Dämme, bricht die Scheunen,
mahlt auf dem Grund den Stein zu Sand?
Aus morschem Holz und müden Zäunen
wächst – wer weiß wo – schon neues Land.

Peter Huchel

Morgen an der Havel

Braun ertönen am Fluß die Weiden,
züngeln im Winde, Blindschleichen gleich,
tragen Zungen aus Blatt, sind seiden
und spüren die Wärme im Wurzelbereich.

Im sumpfigen Nebel die Lichter blaken,
blitzt Möwensonne, vom Schilfwind naß.
Weich lockern sich auf die Uferlaken,
im Schwarz des Maulwurfs, im grauen Gras.

Ich angle nach Hecht, am Silberhaken
zerrt zappelnd der weiße Fisch.
Ich höre die Schiffer, die ihre Zille staken
vorbei an Schilf und Ufergebüsch.

Karl Mickel

Abend am Fluß

Der Fluß bringt Tag und bringt den Abend mit.
Sein Spiegelwald ist hart vom Wald getrennt
Durch einen Weg, schmal wie ein Messerschnitt.
Der Wind, der Kraft und Schwäche kennt
Schläft mit den Vögeln in des Walds Geäst.

Wenn du jetzt bittest: bitte sag doch was
Sag ich dir gern: der Weg ist schmal und fest
Der Wald ist schweigsam und der Fluß ist naß.
Doch wenn du fragst, warum sich rings nichts regt
Wend ich mich ab und denke, weil ich muß:

Auch wenn kein Wind mehr unseren Wald bewegt
Bewegt der Wald sich. Sieh den Wald im Fluß.

Johannes Bobrowski

Die Memel

Hinter den Feldern, weit,
hinter den Wiesen
der Strom.
Von seinem Atem
Aufweht die Nacht.
Über den Berg
fährt der Vogel und schreit.

Einmal mit dem Wind
gingen wir, stellten das Netz

in der Mündung des Wiesenbachs.
In den Erlen
hing die Laterne. Der Alte
nahm sie herab.
Das Schmugglerboot stieß auf den Sand.

Aus der Finsternis
kommst du, mein Strom,
aus den Wolken.
Wege fallen dir zu
und die Flüsse, Jura und Mitwa,
jung, aus Wäldern, und lehmschwer
Szeszupe. Mit Stangen die Flößer
treiben vorbei. Die Fähre
liegt auf dem Sand.

Und der Himmel
Dunkelt von Vogelheeren.
In der Luft aus schlagenden Flügeln, hoch,
Schilflaut, Brunnenrauch, harziger Wälder Rauch.
An den Birken, über dem Ufer nun
Stehn die Frauen, mit Bändern,
gelben und roten - eine,
an den gewölbten Leib
zieht sie die Töchter, die jungen
Söhne baden im Strom.

Strom,
alleine immer
kann ich dich lieben
nur.
Bild aus Schweigen.
Tafeln dem Künft'gen: mein Schrei.
Der nie dich erhielt.
Nun im Dunkel
halt ich dich fest.

Wulf Kirsten

eisgang

eine stimme rudert über den fluß:
fährmann, hol über!
der schweiger beugt sich ins dunkel.
ertrinkende stille,
strudel inmitten,
fische bäuchlings und phenol.
es schwimmen die inseln
durch der flußvögel schlaf.
grelle schreie im ohr
seit herzlosen wintern.
bei klirrendem frost
ein tod –
scheffelweise die toten
auf den treibenden schollen.
auf die schwimmhäute fiel schnee.
aus dem wasser steigt
des flusses schlechter atem.
phönixleer der himmel.
rauch ist gestiegen,
ruß ist gefallen,
weich wie die flocken des schnees.

Karl Mickel

Die Elbe

Schwarz die Elbe, Schwemmholz rammt das Ufer
Regenböen treffen graue Eisschollen
Die Böschung ist befestigt, Stein an Stein
Granit und Porphyr von Dresden bis Hosterwitz
Kein Brocken ohne Inschrift, Initialen
Gespeerte Herzen, Hähne auf der Stange
Kratzen sich ein von Dresden bis Hosterwitz.
Die Rillentiefe mißt des Mädchens Keuschheit
Und Furcht, oder Dauer der Fesselung:
Mit lockern Knien die Frauen zwischen Nummer
Und Nummer zwischen Gras und Heu, die Sieger
Eilen, den Triumph in Stein zu metzen
Die Pause für die Nachwelt nutzend: kenne
Nun den Gleichen wieder! find die Gleiche!
Aus Seufzern Küssen Worten Ein Geflüster
An Einem Ufer gleich jung alle Väter
Und Mütter Söhne Töchter von Dresden bis Hosterwitz.
Im dürren Weinberg von den schwarzen Ästen
Träuft der Regen wie ein Schwarm von Kirschblüten:

So sah ich das. Jedoch das exponierte
Material reicht weiter. Männer, Frauen
Vernetzt gekoppelt, schlagen Wellen, Fluß
Neben dem Fluß, der Verkehrsstrom
Reißt, der Interruptus auf der Straße
Und die Menge, wenn zwei Autos sich
Vernichteten, kreist um die Leere
Wie der Strom ums Aug des Strudels wirbelt.
Umgekehrt. Hier Eine liegt am Boden
Gespickt rundum, und Reisig kerbt die Hüfte
Dann ziehen ihre Blicke aus der Leiche
Passanten. Glimmend um die Trümmer

Kreist das Volk von Weixdorf bis Pesterwitz
Sanft wie die Berge neben dem Fluß
(Czechowski) kriechen Bestien in die, aus dem
Zoo, bei Kindern, nach dem Angriff
Achselhöhlen. Und Berufsverkehr
Heißt, daß Der mit Jenem, Der mit Dieser
Es (Sein Wesen) treibt, und jedes Menschs
Verrichtung, wenn nur Eines, und nicht sofort
Ein Anderes die Lücke, wie es, besser
Oder schlechter, ist, füllt, fällt, nicht wäre:
Vgl. auch den Kommentar zu Pindar
Von Hölderlin, Belebendes (Kentauren).

Thomas Rosenlöcher

Die Elbe

Der Uferweg, die Böschung und die Steine.
An schwarzer Mauer schwarze Industrie
entleert sich schweigend in das schwarze Wasser.
Doch mitziehn Wiesen, und der Berghang, einst
Geleit und Halt, vor Schönheit fast verzitternd,
rollt noch sein Grün über die roten Dächer,
vorbei an einer Villa, weit geöffnet
die Fenster, da Musik herüberweht
und fernher, wo gebaut wird, Pinke Panke,
als gälte es, den Fluß zu dirigieren,
daß er an seinen Rändern heller strudelnd
über glitschige Steine aufwärts fließt
und sich am Grund die Fladen leise regen,
und rascher in der Mitte, nur hinunter,
lautloses Kettenknirschen, Rohrgejohl.
Was hab ich nur. Es geht, es geht doch alles.
Selbst noch der tote Fluß fließt fort.

Wilhelm Lehmann

Fahrt über den Plöner See

Es schieben sich wie Traumkulissen
Bauminseln stets erneut vorbei,
Als ob ein blaues Fest uns rufe,
Die Landschaft eine Bühne sei.

Sich wandelnd mit des Bootes Gleiten
Erfrischt den Blick Laub, Schilf und See:
Hier könnte Händels Oper spielen
Vielleicht Acis und Galathee.

Die Finger schleifen durch die Wasser,
Ein Gurgeln quillt um Bordes Wand,
Die Ufer ziehen wie Melodieen,
Und meine sucht nach deiner Hand.

Wenn alle nun das Schifflein räumen,
Wir endigen noch nicht das Spiel.
Fährmann! Die runde Fahrt noch einmal!
Sie selbst, ihr Ende nicht, das Ziel.

Es schieben sich wie Traumkulissen
Bauminseln stets erneut vorbei,
Als ob ein blaues Fest uns rufe,
Die Landschaft eine Bühne sei.

Sich wandelnd mit des Bootes Gleiten
Erfrischt den Blick Laub, Schilf und See.
Wir dürfen Händels Oper hören,
Man gibt Acis und Galathee.

Wir sehen, was wir hören, fühlen,
Die Ufer *sind* die Melodien.

Bei ihrem Nahen, ihrem Schwinden,
Wie gern mag uns das Schifflein ziehn!

Dort schwimmt bebuscht die Prinzeninsel,
Hier steigt die Kirche von Bosau –
Wir fahren durch den Schreck der Zeiten,
Beisammen noch, geliebte Frau.

Heißt solcher Übermut vermessen?
Rächt sich am Traum der harte Tag?
Muß seine Eifersucht uns treffen,
Wie den Acis des Riesen Schlag?

Die Götter sind nicht liebeleer –
Was ihr den beiden tatet, tut!
Die Nymphe flüchtete ins Meer,
Acis zerrann zu Bachesflut.

Sarah Kirsch

Schöner See Wasseraug

Schöner See Wasseraug ich lieg dir am Rand
Spähe durch Gras und Wimpern, du
Läßt mir Fische springen ihr Bauchsilber
Sprüht in der schrägen Sonne die Krähe
Mit sehr gewölbten Schwungfedern
Geht über dich hin, deine Ufer
Wähltest du inmitten heimischer Bäume
Kiefern und Laubwald Weiden und Birken
Rahmen dich, kunstvolle Fassung
Deines geschuppten Glases, aber am nächsten Morgen

Ist die Sonne in Tücher gewickelt und fern
Das andere Ufer verschwimmt, seine Hänge
Sanft abfallende Palmenhaine
Erreichen dich, du
Einem langsamen Flußarm ähnlich
Birgst Krokodile und lederne Schlangen
Seltsame Vögel mit roten Federn
Fliegen dir quellwärts, ich komm zur Hütte
Rufe mein weißgesichtiges Äffchen und will
In dir die bunten Röcke waschen

Wenn der Rücken mir schmerzt wenn
Die Sonne ganz aufgekommen ist
Liegt der See in anderer Landschaft
Er weiß alle jetzt hat er das Ufer der Marne
Ein Stahlbrückchen eckige Häuser Büsche
Mein schöner Bruder holt mich im Kahn
Fischsuppe zu essen er singt das Lied
Vom See der zum Fluß wurde
Aus Sehnsucht nach fremden Flüssen und Städten

Günter Eich

Der Große Lübbe-See

Kraniche, Vogelzüge,
deren ich mich entsinne,
das Gerüst des trigonometrischen Punkts.

Hier fiel es mich an,
vor der dunklen Wand des hügeligen Gegenufers,
der Beginn der Einsamkeit,
ein Lidschlag, ein Auge,

das man ein zweites Mal nicht ertrüge,
das Taubenauge mit sanftem Vorwurf,
als das Messer die Halsader durchschnitt,
der Beginn der Einsamkeit,
hier ohne Boote und Brücken,
das Schilf der Verzweiflung,
der trigonometrische Punkt,
Abmessung im Nichts,
während die Vogelzüge sich entfalten,
Septembertag ohne Wind,
güldene Heiterkeit, die davonfliegt,
auf Kranichflügeln, spurlos.

Bertolt Brecht

Der Himmel dieses Sommers

Hoch über dem See fliegt ein Bomber.
Von den Ruderbooten auf
Schauen Kinder, Frauen, ein Greis. Von weitem
Gleichen sie jungen Staren, die Schnäbel aufreißend
Der Nahrung entgegen.

Metamorphosen

Elisabeth Langgässer

Frühsommer

O, wie das Grüne sich andrängt:
Graugrünes, blaugrünes Meer!
Wie es sich bäumt und in Windeln
weißlichen Spelzes, in Spindeln,
stäubenden, still sich verengt.
Bis zu den Stallungen her
tritt es, das endlose Meer.

Hier: zugleich Szepter und Springflut,
schießt's vom Rhabarber empor.
Dort flößt es Tagtraum und Trauer
durch die holundrische Mauer,
die auf der Bachsohle ruht.
Und sein Gelispel im Ohr,
hoch hebt der Nöck sich empor.

Vielbrüstig lehnt es als Schneeball,
schaumig den Zäunen sich an.
Göttin aus Ephesus: weichen
mußt du der Rose und bleichen,
blasseste Blüte des All.
Schneeballstrauch, mondgrüner Schwan
schweig und begrenze die Bahn.

Christine Busta

Nachsommer

Wär ich deine Gärtnerin, ich würde
dankbar dir als erstes eine Distel
pflanzen, purpurn und mit glänzend breiten
Stachelblättern.

Liebreich hast du unlängst sie verteidigt,
nicht die Schönheit, die war unbestritten,
doch daß sie sich wehrt, weil ihre Blüte
kindlich zart ist.

Der du so die Torheit meines Herzens
mild erkannt hast, nimm von meiner wilden
Distel dir das Sanfte im Herbst: den
Flügelsamen.

Oskar Loerke

Der Silberdistelwald

Mein Haus, es steht nun mitten
Im Silberdistelwald.
Pan ist vorbeigeschritten,
Was stritt, hat ausgestritten
In seiner Nachtgestalt.

Die bleichen Disteln starren
Im Schwarz, ein wilder Putz.
Verborgne Wurzeln knarren:
Wenn wir Pans Schlaf verscharren,
Nimmt niemand ihn in Schutz.

Vielleicht, daß eine Blüte
Zu tiefer Kommunion
Ihm nachfiel und verglühte:
Mein Vater du, ich hüte,
Ich hüte dich, mein Sohn.

Der Ort liegt waldinmitten,
Von stillstem Licht gefleckt.
Mein Herz – nichts kam geritten,
Kein Einhorn kam geschritten –
Mein Herz nur schlug erweckt.

Peter Huchel

Bei Wildenbruch

Eine Distel,
deren Gedächtnis der Wind zerfasert.

Pferde mit blitzenden
Brustblattgeschirren.

Im durchsonnten Wasser
der messerscharfe Schatten der Fische.

Bald frißt der Nebel
aus der Krippe kahler Äste.

Das Geständnis des Jahrs, die Krähen
tragen es in die weiße Finsternis des Himmels.

Thomas Rosenlöcher

Die Distel

Fernhin sah ich Schlotfahnen, schrägab zackig,
als über mir, als wäre sie mein Herz,
die Lerche hochemporstieg. Sei doch still,
Macht kommt auf Macht. Machtlosigkeit hinkt mit.
Was soll sich da noch, denn zum Schlechten, ändern.
So dachte ich. Doch eine Distel stand
aufrecht, von Purpur überaus gefürstet,
in ihrer Stacheln Anmut filigran
und brach den Stein. Um sie her war geordnet,
was da an Landschaft, Feld und Hügel, lag,
und wo ich hinging, stand sie abermals.
Da wußte ich, wenn auch die Kommissionen
den Horizont mit Dynamit vergittern,
geht sie und geht, des Löwen stille Schwester,
auf den Beton, das Feld besetzend, zu.
Denn es wird Zeit. Die Stockwerke des Dunkels
muß ihres Krauts Gefieder gründlich zähnen
und, ringsumher von wilden Kletten starrend,
im Wunder ihrer Blüten übersteigen,
daß auch die Tiefe noch ein Abglanz trifft.

Erika Burkart

Doldiger Milchstern

Wie lange noch Leben?
Am äußersten Rand eines Felds
Stiefmütterchen, Mohn,
zu Tupfen verzwergt,
wer's nicht besser weiß, freut sich
an Mutationen.

Immerhin stößt du auf einen Milchstern,
den ersten seit damals und unverkümmert,
Milchsterne säumten den Schulweg.
Sterne? Wie kamen die auf die Wiese?
Wie kamen sie an den Himmel?

Wilhelm Lehmann

Abgeblühter Löwenzahn

Verwandle dich und werde leicht,
Zerfasere zu Samenhaar!
Gemindert schwebt, ein dünnes Korn,
Was gestern Strahlenball noch war.

Verwandlungsträchtig, warst du kaum,
Und saugst dich frisch im Leben fest,
Das dich und mich, treuloser Staub,
An keiner Stelle weilen läßt.

Begleite Vers die Flüchtigkeit,
Gebiete er, gebiete zart.

Sei, wie von meinem Finger du,
Das Schwindende von ihm bewahrt.

Ein zweites Dasein überwächst
Das erste, das geopfert liegt.
Verweh es denn wie Löwenzahn,
Damit es traumgekräftigt fliegt.

Peter Huchel

Löwenzahn

Fliegen im Juni auf weißer Bahn
flimmernde Monde vom Löwenzahn,
liegst du versunken im Wiesenschaum,
löschend der Monde flockenden Flaum.

Wenn du sie hauchend im Winde drehst,
Kugel auf Kugel sich weiß zerbläst,
Lampen, die stäubend im Sommer stehn,
wo die Dochte noch wolliger wehn.

Leise segelt das Löwenzahnlicht
über dein weißes Wiesengesicht,
segelt wie eine Wimper blaß
in das zottig wogende Gras.

Monde um Monde wehten ins Jahr,
wehten wie Schnee auf Wange und Haar.
Zeitlose Stunde, die mich verließ,
da sich der Löwenzahn weiß zerblies.

Christine Lavant

Muß jetzt einen Singsang finden
für das bißchen Haut und Knochen,
und den gelben Schierling kochen
und das Seilchen richtig winden.

Jahr war voller Schlangenschlingen,
jeder Tag ein Löwenzähnchen –.
Finger rupft das rote Hähnchen,
bald wird es im Feuer singen.

Jemand hat das aufgetragen,
kam auf schwarzem Wolf geritten,
jemand hat das Seil beschritten
und ein Zelt ist aufgeschlagen.

»Sklavin!« sagt der Augenlose,
mein Gesicht muß vor ihm knieen.
Schierling, Seil und Hähnchen fliehen,
Löwenzahn und Samenrose.

»Jede Stunde ist die erste –«,
sagt wer mundlos, sät im Winde
taubes Korn für eine Blinde,
blühen wird das Allerschwerste.

Christine Busta

Löwenzahn

Da schlug er die Augen auf,
schuldlos und schön.
Es weinten die Wiesen.

Sprachlos vor Glück
standen die Bäume im schimmernden Tau.

Er aber staunte
immer aufs neue,
daß sie kam:
die herrliche Sonne!

Josef Weinheber

Löwenzahn

Keine Vase will dich. Keine
Liebe wird durch dich erhellt.
Aber deines Samens reine
weiße Kugel träumt wie eine
Wolke, wie der Keim der Welt.

Lächle! Fühl dich gut gedeutet!
Blüh! So wird aus Schweigen Huld.
Bittre Milch und Flaum, der gleitet:
O, nicht Haß – den Himmel weitet
Weisheit. Stillesein. Geduld.

Wärst du auf der Höh geboren,
ferne, selten, früh empor:
Teilnahmslosem Gang der Horen
blühtest ruhmvoll, unverloren,
groß, dein Wunder vor.

Oskar Loerke

Im Johannisheu

Müßige Gedanken steuern
In die Sümpfe zu den Mummeln,
In die Wiesen zu den Hummeln,
Braten auf heißen Meilensteinen,
Wimmeln wie mit Käferbeinen
Über Borke, Kraut und Farren,
Knarren mit im Rabenknarren
Aus dem Pflaumbaum hinter Scheuern.

Lieben Freunde, laßt mich liegen,
Denn ich weiß nicht in der Eile,
Wo in aller Welt ich weile,
Bin auf einen Baum geraten,
Werd am Meilenstein gebraten;
Kann ich, bei Mummeln ertrunken, wissen,
Daß ich lieg auf Jungheukissen?
Lieben Leute, laßt mich liegen!

Christine Lavant

Im Lauchbeet hockt die Wurzelfrau,
zählt Zwiebelchen und Zehen.
Was wird mit mir geschehen?
Sie nimmt es so genau.

Ich bringe meinen Kopf nicht mehr
aus den verhexten Latten.
Nun zählt sie schon die Schatten
Und schielt verdächtig her.

He! – sagt sie – da ist noch was frei,
mit Erde muß man sparen! –
und zerrt mich an den Haaren,
ich wage keinen Schrei.

So unter Zwiebelchen und Lauch
Bin ich nun eingegraben,
die mich gesättigt haben,
vertrösten mich wohl auch.

Sie teilen mit mir Tag und Tau
und Saft und Kraft der Erde,
daß ich ein Rüblein werde
im Beet der Wurzelfrau.

Ingeborg Bachmann

Sterne im März

Noch ist die Aussaat weit. Auf treten
Vorfelder im Regen und Sterne im März.
In die Formel unfruchtbarer Gedanken
fügt sich das Universum nach dem Beispiel
des Lichts, das nicht an den Schnee rührt.

Unter dem Schnee wird auch Staub sein
und, was nicht zerfiel, des Staubes
spätere Nahrung. O Wind, der anhebt!
Wieder reißen Pflüge das Dunkel auf.
Die Tage wollen länger werden.

An langen Tagen sät man uns ungefragt
in jene krummen und geraden Linien,
und Sterne treten ab. Auf den Feldern
gedeihen oder verderben wir wahllos,
gefügig dem Regen und zuletzt auch dem Licht.

Elisabeth Langgässer

Farben im Altjahr

I

Das ist kein Gras: dies geisterhafte Grün,
noch Erde, dies gedankenvolle Braun,
und jener Zweige windgezischtes Sprühn
ruht nicht mehr auf den Wimpern von Merlin,
wenn er erscheint im züngelnden Geraun.

Kein Scharlachrot, der mörderischen Wespe
an fauler Frucht vertropfend angeboten,
kein Feuerblau im Blätterspiel der Espe,
denn Süß und Heiß buk mit dem Mehl der Trespe
und Mäusegerste schwarz zu Elfenbroten.

In sich zufrieden, gilber Nebel gärt
empfangner Träume wässriges Gebild
zu Formen aus, die keine Kraft mehr nährt –
doch jene Freier, die der Farben wert
die Blüte fand: auf hohlem Rückenschild

Treibt mit der Flut ihr abgelöster Namen
Versummend hin zu Körben, Krügen, Töpfen,
hoch angefüllt vom Seim der Bergzyclamen – –
und er allein entgeht des Todes Hamen,
der hin- und hertreibt bei den Röhrichtköpfen.

II

Ein Knospenlicht
siderisch bricht
aus dem Gewirr der Räume.
Ein Seufzer tönt,
die Wurzel stöhnt
im Schlaf der Zauberbäume.
Vom Feien-Grün
wie lange hin
Zum Weiß der Holle-Haube!
Dazwischen läßt
ihr leeres Nest
des Geistes Äthertaube.

Wer sah ohn' Trug,
nie nah genug,
sie sitzen auf den Stauden!
Zu Runen biegt,

wo sie sich wiegt,
der Irrwald seine Rauten.

Er blüht und bebt,
wenn sie entschwebt,
in wunderlichen Röten,
hat Schleierblau
und Veilchengrau
und Rieselton der Flöten.

So führt er sanft
des Weges Ranft
hinüber in die Wende.
Entfärbten Flor
hebt er empor
und bleicht ihn klar zu Ende.

Sarah Kirsch

Hundsveilchen Bitterklee

Das Unkraut die einfachen Blumen
Waren seit langer Zeit
Aufgebrochen die Gräber zu schleifen
Die zerfallenden eisernen Kreuze
Die glatten härteren Steine
Nannten die Toten beim Namen, die Zahl
Der irdischen Jahre ich sah
Viel Unrecht, zum Beispiel Marie
War nur ein flüchtiger Gast
Ich zähle und sehe es zählt überhaupt nichts
Teufelskram Blendwerk elender Trost ach Marie
Wärst du in Ehren oder im Elend ergraut

Du gingest seit Jahren nicht auf der Erde
Nessel Raute und Fingerkraut
Wächst aus den Gräbern
Die Schneckenhäuser im Gras sind leer.

Karl Krolow

Sommerlied

Ganz innen will ich Freude sein
Und mich zum Licht entschließen.
Des Nußbaums Duften laß ich ein,
Des Wassers blaues Fließen,

Himbeere schwebt verzückt und rund,
Muß tief ins Süße reifen.
Um Knabenkraut und Türkenbund
Die großen Falter schweifen.

Die Minze aus den Gräben weht.
Weiß steigt die Gartenmauer.
Im Ampferblatt und Nelkenbeet
Behält der Sommer Dauer.

Die hohe Luft zu Traum zerrann
Im Spiel der heitren Schatten.
Mit stillen Augen sehn sich an,
Die sich umschlungen hatten.

Die Distel rot, die Schlehe blau,
Wolln selig mich umkränzen.
Wie ich ins zarte Leuchten schau,
Weiß ich mich ohne Grenzen.

Walter Werner

Kahlschlag

Wir gehen über Bäume,
tauchen in Harz unsere Blicke
und Schritte und lösen wieder
vom Holz unsere Hände.
Wir sprechen nicht.

Zerschlagenes splittert
und spießt.
Rillen und Risse
laufen weg.

Nach dem beidarmigen Reißen
der Holzfäller von gestern
windige Plätze und Fluren.
Von der Wälder Rand gehalten
der Donner der geebneten Schläge.
Das Rollen der Stämme unterm Rauschen
der Bäume und die verführerischen Gedanken
der Schmetterlinge: Die Liebe im Vergessen.

Wilhelm Lehmann

Später Rausch

Schwarzer Blitz, Holunderbeere,
Einst war sie ein weißer Stern.
Dolde kippt mit süßer Schwere,
Hand und Schnabel pflücken gern.

Schwankt, als ob sie vor ihm bange,
Die Platanenfrüchteschnur,
Klopft die Eichel meine Wange,
Streift sie Windesatem nur.

Wespe hat sich Taumelfluges
Morschem Apfel eingewühlt.
Muß sie sterben, langen Zuges
Sei die Welt als Rausch gefühlt.

Gegen niemand sich zu wehren,
Blieb ihr Stachel ungebraucht.
Aus dem seligen Verzehren
Wird sie leicht ins Nichts getaucht.

Welt, mit Früchten übersegnet,
Gleich der Wespe abschiedspät,
Bin ich ihr im Rausch begegnet,
Ehe sie mit untergeht.

Peter Huchel

Die Viper

Schöne Viper,
die Elster flog durch deinen Schlaf
und stahl dir das Gold aus den Augenwinkeln.

Starren Hauptes,
auf schartigem Schädel,
wo Olegs Pferd
in Fäulnis brennt,
erwartest du die Nacht.

Sie kommt aus dichtem Birkengehölz,
bernsteinäugig,
die Freundin der Fledermäuse.
Sie füllt mit bitterer Milch
die Löwenzahnröhre.

Wilhelm Lehmann

Die Hornisse

Die Hitze hat die Gräben ausgetrunken,
In die Augustnarkose ist die Luft versunken.

Ich streife nur den wilden Apfel, er muß fallen;
Im Fallen spießen ihn die Brombeerkrallen.

Kaum aus dem Euter, stockt die Milch geronnen;
Die Bärenraupen rollen sich zu kleinen Tonnen.

Tomate glänzt wie Brust der Kybele,
Ein Fetisch, grell geschminkt, aus Übersee.

Im Windelosen blüht das Löwenmaul, die Lippen rot,
Als säuge sie mein Blut. Als nähre sie mein Tod.

Hornisse stürzt aus hohlem Baum, entbrannter Geist,
Von einem unergründlich tiefen Zorn gespeist.

Ihn zu versöhnen, bot ich meine Wange ihrem Stich.
Sie tanzte mir ums Haupt. Sie schonte mich.

Elisabeth Langgässer

Arachne

Wenn die Weidenwollen fliegen,
und die Sternenspindel flockt,
Fahne, Flügel, Schiffchen biegen
sich zu Argonautenzügen,
und der Kuckuck leiser lockt –

Geht Arachne durch den Garten
hin und her und her und hin,
und es wirft durch Sog und Scharten
weißer Winde ihren zarten
Fadenstrom die Weberin.

Zuckend füllen sich die Räume,
Blitz und Bilder fließen ein,
Wege wuchernd ohne Säume,
Sinn und Unsinn grüner Träume,
und sie webt sich mit hinein.

Summen steigt empor vom Grase,
Knistern aus dem Ei: ich bin.
Lauscht sie, ob der Weisel rase?
Wob sie in der Honigvase
eine zweite Königin?

Dichter wird die dunkle Hülle,
dunkler wird Arachnes Geist.
Mühsam duftet die Kamille,
doch die starrende Pupille
läßt nur ein, was täuscht und gleißt.

Von den Schultern hebt nach oben,
spinnenbeinig sich ihr Haar.
Soll sie schreien, soll sie loben?
Gorgos Haupt hat sie gewoben,
schrecklich, süß und wunderbar.

Ernst Meister

Der Knoten wird gelöst.
Den Faden laß ich
bitter los,
der dann im Raume schwebt,
Teil eines Spinnwebs
offenbar.

Peter Huchel

Kreuzspinne

Noch webt die Spinne an der Wand
dem Licht die leise Fessel.
Umschleiert steht der Strauch im Sand,
am Zaun die braune Nessel.

Die Spinne seilt das Feuer fest,
wenn sie den Faden wendet.
Der Herbst duckt sich ins Ödgeäst
und dunkelt, bis sie endet.

Noch hält das Netz der Träume dicht,
mag auch die Mauer dunkeln.
Die Spinne trägt ihr Kreuz ins Licht
Und alle Fäden funkeln.

Erst wenn sie immer müder kreist
In immer kältre Räume,
erst wenn ihr leises Seil zerreißt,
durchweht es kahl die Bäume.

Gertrud Kolmar

Die Kröte

Ein blaues Dämmer sinkt mit triefender Feuchte;
Es schleppt einen breiten rosiggoldenen Saum.
Schwarz steilt eine Pappel auf in das weiche Geleuchte,
Und milde Birken verzittern zu fahlerem Schaum.
Wie Totenhaupt kollert so dumpf ein Apfel zur Furche,

Und knisternd verflackert mählich das herbstbraune Blatt.
Mit Lichtchen gespenstert ferne die düsternde Stadt.
Weißer Wiesennebel braut Lurche.

Ich bin die Kröte.
Und ich liebe die Gestirne der Nacht.
Abends hohe Röte
Schwelt in purpurne Teiche, kaum entfacht.
Unter der Regentonne
Morschen Brettern hock ich duckig und dick;
Auf das Verenden der Sonne
Lauert mein schmerzlicher Mondenblick.

Ich bin die Kröte.
Und ich liebe das Gewisper der Nacht.
Eine feine Flöte
Ist im schwebenden Schilf, in den Seggen erwacht,
Eine zarte Geige
Flirrt und fiedelt am Felderrain.
Ich horch und schweige,
Zerr mich an fingrigem Bein

Unter fauler Planke
Aus Morastigem Glied um Glied,
Wie versunkner Gedanke
Aus dem Wust, aus dem Schlamm sich zieht.
Durch Gekräut, um Kiesel
Hüpf ich als dunkler, bescheidener Sinn;
Tauiges Laubgeriesel,
Schwarzgrüner Efeu spült mich dahin.

Ich atme, schwimme
In einer tiefen, beruhigten Pracht,
Demütige Stimme
Unter dem Vogelgefieder der Nacht.
Komm denn und töte!

Mag ich nur ekles Geziefer dir sein:
Ich bin die Kröte
Und trage den Edelstein …

Nelly Sachs

Schmetterling

Welch schönes Jenseits
ist in deinen Staub gemalt.
Durch den Flammenkern der Erde,
durch ihre steinerne Schale
wurdest du gereicht,
Abschiedswebe in der Vergänglichkeiten Maß.

Schmetterling
aller Wesen gute Nacht!
Die Gewichte von Leben und Tod
senken sich mit deinen Flügeln
auf die Rose nieder
die mit dem heimwärts reifenden Licht welkt.

Welch schönes Jenseits
ist in deinen Staub gemalt.
Welch Königszeichen
im Geheimnis der Luft.

Nänie

Johannes Bobrowski

Nänie

Stimmen, der Wind
über die Bucht
kommt, Rohrwerke, Helsingör
hat so getönt: über dem Sund
die Küste, gestreckt
gegen den Himmel, dort
auf dem Absturz steht,
der mich gerufen hat,
Helios, breiten Mundes,
unter dem Augenbogen
dunkel - die Feuer um ihn
um Schulter und Haar, die rasselnden
Züge, erbrausend: Planeten,
der mörderische
concentus der Welt.

Über der Bucht,
weit,
über dem Regen
farbenstrahlend aus Nebeln
der Bogen - Frieden
ist uns versprochen.

Oskar Loerke

Die Vogelstraßen

Vor vielen tausend Jahren auferbaut,
Ziehn hoch durch Luft die großen Vogelstraßen.
Den Erdball, wie ihn Ferndampf drunten blaut,
Ermaßen Flügel nur mit Himmelmaßen.

Sie sind verboten aller Menschenlast,
Verwehrt dem zwiegespaltnen Huf, der Klaue.
Kein Stäubchen lagert dort, kein Blatt vom Ast
Und, gibt es Gott, kein Haar von seiner Braue.

Von einer solchen Straße überbrückt,
Sahst du ums Haupt dir ihren Schatten stürzen.
Das Licht, das jemals unter ihr gerückt,
Sahst du erscheinen und zum Blitz sich kürzen.

Du hast die magische Figur befragt:
Als Donner schlug sie sich in träge Stücke!
Dein Magisches, dein Vogel-Leichtes jagt
Entlang die unsichtbare lange Brücke.

Des einen Endes Pfeiler steht in Frost,
Wo Moorpech quillt und Sumpfohreulen kreisen
Und Federschwänze klatschen, rot von Rost,
Entrafft der Flut voll aufgelöstem Eisen.

Des andern Endes Pfeiler hüllt Geschmeiß,
Zum Fraß gesellt, im Neide sich Gehilfe –
Doch dort ertönt ein Strom in seinem Fleiß,
Dort senkt die Vogelstraße sich zum Schilfe.

Nicht fern besteigt den klaren Bergvulkan
Ein Elefant, schaut einsam in den Krater.

Darüber sinnt der Himmel, aufgetan,
Sein Alter aus, und er weiß keinen Vater.

Und Bild um Bild erbangt nach einem Sinn
Ob Worten, die wir sonst im Sinne hatten.
Auch dies scheint Donnerrufen her und hin,
Dem Blitz vorweggenommen als sein Schatten.

Zu reisen, ist der Vögel Winterschlaf,
Der schwere Frösche, Schlangen oder Bären
Im Schwebetraume nur mitschwebend traf.
O daß wir alle Vogelseelen wären!

Johannes Bobrowski

Vogelstraßen 1957

I

Im Regen schlief ich,
im Regenröhricht erwacht ich.
Eh es blättert, seh ich den nahen Mond,
hör ich den Zugvogelschrei,
den Lufterschütterer, den weißen
Schrei, der die Luft zerschlägt.

Schnell und scharf
wie die Wölfe wittern,
Schwester, lausch! Wäinemöinen
singt durch den Wind,
wirft aus Schnee den Fittich
auf deine Schulter, wir treiben
flügelnd im Liederwind –

II
aber unter großen
Himmeln allein, verlassne
Straßen der gefiederten
Heere, die vergingen –
schlafend auf den Winden
fuhren sie, eine neue
Sonne flammte, die Lohe
schlug herauf, sie brannten
im Aschenbaum.

Dort sind aufgeflogen
unsere Lieder auch.
Schwester, deine Hände
bleichen, du schläfst mir im Dunkel
fort – wann soll ich
singen der Vögel Angst?

Günter Eich

Im Sonnenlicht

Die Sonne, wie sie mir zufällt,
kupfern und golden,
dem blinzelnden Schläfer, –
ich habe sie nicht verlangt.

Ich will sie nicht, wie sie die Haut mir bräunt
und mir Gutes tut,
ich fürchte das Glück, –
ich habe es nicht verlangt.

Die ihr sie hinnehmt,
kupfern und golden,
daß sie das Weizenkorn härtet,
daß sie die Traube kocht, –
wer seid ihr, daß ihr nicht bangt?

Was üppig sie gab,
was wir genommen ohne Besinnen,
das unverlangte Geschenk, –
eines bestürzenden Tages
wird es zurückverlangt.

Was zu verschwenden erlaubt war,
die kupferne Scheidemünze,
die Haufen Goldes,
die vertanen Reichtümer, – genau
wird es zurückverlangt.

Aber wir werden leere Taschen haben
und der Gläubiger ist unbarmherzig.
Womit werden wir zahlen?
Oh Brüder, daß ihr nicht bangt!

Jürgen Becker

Augenblick

Einmal Kraniche, still liegend
über ziehender Gegend, wo wir
nicht mehr sind, aber zuvor,
wir kämpfen viel weg.

Wilhelm Lehmann

Auflösung

Der Maiwind kost die Buchen,
Die Sonnenflecke schwanken.
Ich brauche nicht zu suchen,
Und wie die Blätter wanken,
Verwehn die Qualgedanken.

Gut, nichts mehr zu erwarten.
Die alten Buchenfrüchte,
Zottige, längst entkernte,
Ruhen von ihren Fahrten.
Entschlafen jähe Süchte,
Ich bin der Ausgelernte.

Wie bald wird Lautes leise.
Kuckuck ruft seinen Namen;
Fis de ist sie geblieben,

Die unerschrockne Weise,
Seit alte Dichter schrieben,
Homer Ulysses' Reise,
Hariri die Makamen.

Sollen sie jemals schweigen?
Süß, sich an sie gewöhnen,
Vor Meistern sich verneigen.

Ich höre Fliegerdröhnen,
– Kuckuck ruft seinen Namen –
Ich höre Menschen stöhnen,
Ich löse mich mit Schreien,
Es wird zu Tönen, zweien:
Kuckuck! Kuckuck! Weltatem.

Auf sommerlichem Friedhof (1944)

In memoriam Oskar Loerke

Der Fliegenschnäpper steinauf, steinab.
Der Rosenduft begräbt dein Grab.
Es könnte nirgend stiller sein.
Der darin liegt, erschein, erschein!

Der Eisenhut blitzt blaues Licht.
Komm, wisch den Schweiß mir vom Gesicht.
Der Tag ist süß und ladet ein,
Noch einmal säßen wir zu zwein.

Sirene heult, Geschützmaul bellt.
Sie morden sich: es ist die Welt.
Komm nicht! Komm nicht! Laß mich allein,
Der Erdentag lädt nicht mehr ein.
Ins Qualenlose flohest du,
O Grab, halt deine Tür fest zu!

Theodor Kramer

Dürres Laub, das sich vom Stengel trennt ...

Dürres Laub, das sich vom Stengel trennt,
dürrer Halm, der durch die Straßen rennt,
der vom Fenster rieselt, spröder Kitt,
nehmt mich sacht auf eure Reise mit.

Flucht der Bäume, die sich scharf verkürzt,
Flug der Vögel, der ins Leere stürzt,
blasse Zitterkringel letzten Lichts,
nehmt mich mit auf eurem Weg ins Nichts.

Fahler Kelch, der auf dem Sims verblüht,
rotes Scheit, das im Kamin verglüht,
weiße Asche, die durchs Gitter fällt,
nehmt mich Müden mit aus dieser Welt.

Günter Eich

Ginster

Ein gelbes Land voll Ginsterruten,
die öden Hänge sonnenhell.
Hier kann ich einen Gott vermuten
Mit Distelkranz und Ziegenfell.

Die Hügel hin im wüsten Grunde
goldüberrankt der warme Stein.
Er bläst, den Dudelsack am Munde,
die Herde in den Schlummer ein.

Es flimmert überm Vlies der Schafe
die Sommerstunde hundertfach.
Er herbergt mich im großen Schlafe,
doch meine Seele macht er wach.

Wie muß sie sich im Fluge sputen,
daß sie das wilde Land begreift,
wo an den gelben Ginsterruten
der Sonne schwarzer Same reift,

wo über den besteinten Hängen,
entflammt vom ungewohnten Licht,
in seltsam wiederholten Klängen
die Ödnis mit dem Himmel spricht.

Sarah Kirsch

Beginn der Zerstörung

Unbegehbar von Mooren umschlossen
Niemals hat ein Mensch ein vierfüßiges Tier
Diese verhexte lockende Wiese betreten
Die Rinde der schwarzen Bäume, Säulen
Des Himmels, berührt, die vielstimmigen Vögel
Auffahren sehen aus geschüttelten Blättern
Wunderschöne Vögel mit Hauben, Spechte
In sehr großer Menge, blaugefiederte Tauben
Und noch die Kühe, stumpfsinniges Vieh
Benachbarten Graslands versuchen mitunter
Den Saum zu erreichen, es heißt sie mißachten
Den eigenen Zaun und zerreißen
Sich Brust und Kopfschild versinken.
Die rostbraunen Wasser betrügerischen Moose
Werfen uns alle zurück. Wir sehen
Die Wiese vom Tau beglänzt Tag und Nacht
Ihre Blumen, die nie eine irdische Hand
Fällte, Sterne, weitverzweigter Halme
Schwebende Kronen, und sind
Von aller Freude abgeschnitten durch
Unser Wünschen, wir in gewöhnlichen
Kuhweiden stehend voll Sehnsucht.

Peter Huchel

Der Garten des Theophrast

Meinem Sohn

Wenn mittags das weiße Feuer
Der Verse über den Urnen tanzt,
Gedenke, mein Sohn. Gedenke derer,
Die einst Gespräche wie Bäume gepflanzt.
Tot ist der Garten, mein Atem wird schwerer,
Bewahre die Stunde, hier ging Theophrast,
Mit Eichenlohe zu düngen den Boden,
Die wunde Rinde zu binden mit Bast.
Ein Ölbaum spaltet das müde Gemäuer
Und ist noch Stimme im heißen Staub.
Sie gaben Befehl, die Wurzel zu roden.
Es sinkt dein Licht, schutzloses Laub.

Günter Eich

Ende August

Mit weißen Bäuchen hängen die toten Fische
zwischen Entengrütze und Schilf.
Die Krähen haben Flügel, dem Tod zu entrinnen.
Manchmal weiß ich, daß Gott
am meisten sich sorgt um das Dasein der Schnecke.
Er baut ihr ein Haus. Uns aber liebt er nicht.

Eine weiße Staubfahne zieht am Abend der Omnibus,
wenn er die Fußballmannschaft heimfährt.
Der Mond glänzt im Weidengestrüpp,
vereint mit dem Abendstern.

Wie nahe bist du, Unsterblichkeit, im Fledermausflügel,
im Scheinwerfer-Augenpaar,
das den Hügel herab sich naht.

Günter Kunert

Auf der Schwelle des Hauses
In den Dünen sitzen. Nichts sehen
Als Sonne. Nichts fühlen als
Wärme. Nichts hören
Als Brandung. Zwischen zwei
Herzschlägen glauben: Nun
Ist Frieden.

Oskar Loerke

Vom Frieden der Erde

Nicht suchten wir, drum fanden wir viel Frieden:
Von Schiefer und Granit nicht weit verschieden.

Die Felsen stehn zwar nackt und ohne Schuhe
Im Guß, im Blitz wie stiller Toten Truhe.

Zwar sind die Gletscher duldsam hingebreitet
Dem Spuk, der über Eis und Spalten reitet,

Dieweil wir warm und rasch vermummt ertragen,
Daß Höhenhagel auf uns niederschlagen.

Doch sind wir nach dem Anfang hingewendet
Und nicht, wie meist, dahin, wo alles endet.

Wohl wissen wir: einander zu vernichten
Heißt unsresgleichen, ihr Geschäft verrichten.

Und müssen wir - wie bald - zu ihnen kehren,
Ach, wollen wir den Traum uns nicht verwehren:

Der Menschheit Geier sind davongeflogen
Durch heilig siebenfarbne Regenbogen.

Elisabeth Langgässer

Daphne

Du siehst, wo sich der Waldhang weitet,
die Espe zitternd niederwehn,
dem Brand des Himmels hingebreitet,
von Gras und Habichtskraut begleitet,
die ähnlich in den Winter gehen.

Doch auch das Dunkel einer Mauer,
wenn sie am Saum der Städte lebt,
berührt oft ihrer Krone Schauer,
an dem du dieser Zeiten Trauer
ermissest, da sie grundlos bebt.

Sie wurzelt mühsam im Gerölle,
das sie verfolgt, indem es hält -
und vor Begrenzung, Maß und Kelle
flieht Daphne in das Laubgefälle
und steht am Rande unsrer Welt.

Landschaft aus der Luft

Oskar Loerke

Die Frühlingsfähren

Die Mühle zielt mit ihrem Flügel
Nach einem fernen Haselbusch,
Der Maulwurf gräbt und wirft den Hügel,
Als baue er den Hindukusch.
Und aller Bauern Güter gären,
Und alle Gärten kochen Seim,
Und rings gehn unsichtbare Fähren
In süßen Kurven nach Nirgendheim.

Im Walde springt es wie von Riegeln,
Da quillt das rote Harz vom Kien
Und hockt mit Buckeln, Blasen, Spiegeln
An Stämmen, die gen Himmel ziehn.
Im Walde haust ein wildes Schwären,
Das rauscht bei Nacht wie offner Most,
Jetzt fahren unsichtbare Fähren:
Steig ein nach Süd! Komm mit nach Ost!

Wie Handwerksburschenträume tanzen
Die Wolken, seelenvoll besonnt,
Als berstend dickgefüllte Ranzen
Von Horizont zu Horizont.
Die Himmel werden weit und gären
Wie neuer Welten Sauerteig.
Hoch steigen unsichtbare Fähren
Entgegen jedem Zukunftsreich.

Die blaue Luft hat lauter Türen,
Und blaue Türen sind die Seen
In unsre Erde: sie verführen
Verliebte Menschen, einzugehn.
Und immer höher gehn die Fähren.
Mit Kraut verwächst, ein schlecht Idol,
Die Erde, doch von selgen Heeren
Schallts auf sie nieder: Fahrewohl!

Die Ströme ziehn wie blanke Seile,
Vor die ein Sturmpferd sich gespannt.
Und schleppen sie noch eine Weile,
So werfen sie ins Meer ihr Land.
Fast jeder keucht nach anderen Meeren,
Die Wolga, der Guadalquivir.
Laß fahren hin, denn Himmelsfähren,
Gehn, Bruder, über dir und mir.

Karl Krolow

Einen Garten zeichnen

Mit feuchtem Bleistift
einen Garten zeichnen –
niemand kaut Blumen
in einer Landschaft ohne
mythologische Wesen.

Reden, die nichts besagen
in der unruhigen Bewegtheit
der Luft.

Bis an den Hals
reichen die Gedanken

an die zu Pflanzen
gewordenen Frauen.

Ende des Abenteuers
mit einer Karaffe
grüngefärbten Wassers.

Der Mai steigt
mit grünen Worten
auf eine Bühne von
Narzissen und waagrecht
gespaltenen Tierpupillen.

Katzenhaar im Wind –

es läßt sich auf der Handschrift
der Gärten nieder.

Oskar Loerke

Die Purpurlandschaft

Raum: Wüste der Dämonen, knickt von oben
Dein Hausgebälk wie schwachen Schiffes Spanten.
Die Gobi schiebt dein Auge zu, ist tief ins Fleisch geschoben
- -
Ein Purpur-Urwald wächst in deinem Unbekannten.

Durchflochten ist er von Lianen, Quecken,
Durchzuckt von Wurzeln, die dich fällen werden,
Es jagt vor dir wie Schatten-Zebraherden.
Doch staunst du hin, so schrumpft der Spuk zu Flecken.

Das Purpurland formt nur im Unbelauschten
Sein Bild: – Dein Spähn deckt es mit Finsternissen.
Dann kehrt es tiefer wieder, höhlenwild zerrissen,
Umflort, als ob es Fluten überrauschten.

Die Fluten fressen ätzend im Bedrängen,
Sie schmelzen Tropfsteinschwerter, die sie hindern,
Zerbrechen Felsenrüssel, die sie überhängen,
Ihr Spiegel wächst, daß sich die Inseln mindern.

Und vagabunde Monde gehn darüber
Wie Schöpfradeimer lange schmerzlich um,
Der letzte schleppt sein Lazuligeleucht schon trüber
Und brennt sich, durch den Seetod geisternd, endlich stumm.

Tief nachtet nun die Flut, unfindbar! Aber deine Füße schleichen,
Du Blinder, nach ihr gierig, durch die Uferschluchten.
Es wandern mit ihr abwärts unsichtbar die Buchten,
Der Urwald wandert, dicht bei dir ein Zebrafohlen –
Laß ab und lagre dich im Nichts! – Die Flut leckt dir die Sohlen,
Das Tier die Hand, ein Blatt die Stirn, – du wirst sie nie erreichen.

Günter Eich

Variationen über eine Novemberlandschaft

Grau wie der Nebel
Spinnwebenrest.
Die krächzende Elster
die Erde verläßt.
Ein Schemen im Raum
beschwert sie den Baum.
Die Hagebutte vergebens ihr Rot verbrennt.
Die Fichtenschonung steht wie ein Regiment.

Die Parasole
ungesammelt
färben sich schwarz.
Die Elster stammelt.
Als spräche der Raum,
behext sie den Baum.
Die Hagebutte spinnt sich mit Nebel ein.
Die Fichtenkrone späht in die Senken hinein.

Spinnwebenreste
zu Nebel gewebt,
der Parasol
im Gifthauch schwebt.
Es segelt vom Baum
der Elsternflaum.
Die Hagebutte glüht im Regen aus.
Das Fichtenheer marschiert in die Wiesen hinaus.

Karl Krolow

Landschaft aus der Luft

Eine Landschaft, aus der Luft gesehn,
die fröhliche Vogelschau
an einem Morgen
mit der Tonleiter der Liebe
ohne Risikofaktor.
Ich dachte: ein einfaches Bild
Wirkt so, gezeichnet
von einer Hand, die Bescheid weiß
und keine Angst hat
vor Süden und Norden
wie ältere Menschen.
Schönwetterlage, heißt es bei ihnen.
Ein Kind ruft
encore, encore.

Jürgen Becker

Sommer in den Fünfzigern

Sagten wir damals: war doch
kein Sommer gewesen. Aber als Krähen
das Teerdach zerlöcherten, sahen wir nachts
in den Betten die Sterne, und es blieb warm,
so wollten wir es.

Dampften die Straßen: es war eine Zeit
wie im Dschungel, und wir hatten
im Fieber erzählt, das brachte
den Regen zu Kochen.

Lag hinter Hecken, bis die Ameisen
anmarschierten; bis in den Herbst
brannten wir weiter.

Schmolzen die Fenster; hatten wir Reisig
bestellt, kam ein Bündel von Blitzen.

Folgten wir auch noch dem Rauch.

Karl Krolow

Richtiger Herbst

Ich sehe auf einer Karte, wie
seine Kunstfarben in Holstein auftauchen,
dann als Rostflecken
langsam nach Süden auslaufen.
Eine winzige Glühbirne als Sonne
liegt über der Republik.
Mein richtiger Herbst zieht durch
Hessen rheinaufwärts
mit allem, was recht ist,
Reformhäusern, Müllkippen,
wie die Wettervorhersage deutsch,
im Herzen akademisch.
Kein Maler verübt für ihn
Selbstmord.
Schon brennt am Bodensee
Ein Wald Rotbuchen
in den bekannten Farben.
Man muß rasch hinsehn,
ehe die Geschichte des Impressionismus
zu Ende geht.

Peter Huchel

April 63

Aufblickend vom Hauklotz
im leichten Regen,
das Beil in der Hand,
seh ich dort oben im breiten Geäst
fünf junge Eichelhäher.

Sie jagen lautlos, geben Zeichen
von Ast zu Ast,
sie weisen der Sonne
den Weg durchs Nebelgebüsch.
Und eine feurige Zunge fährt in die Bäume.

Ich bette mich ein
in die eisige Mulde meiner Jahre.
Ich spalte Holz,
das zähe splittrige Holz der Einsamkeit.
Und siedle mich an
im Netz der Spinnen,
die noch die Öde des Schuppens vermehren,
im Kiengeruch
gestapelter Zacken,
das Beil in der Hand.

Aufblickend vom Hauklotz
im warmen Regen des April,
seh ich an blanken
Kastanienästen
die leimigen Hüllen
der Knospen glänzen.

Letzte Fahrt

Mein Vater kam im Weidengrau
und schritt hinab zum See,
das Haar gebleicht vom kalten Tau,
die Hände rauh vom Schnee.

Er schritt vorbei am Grabgebüsch,
er nahm den Binsenweg.
Hell hinterm Röhricht sprang der Fisch,
das Netz hing naß am Steg.

Sein altes Netz, es hing beschwert,
er stieß die Stange ein.
Der schwarze Kahn, von Nacht geteert,
glitt in den See hinein.

Das Wasser seufzte unterm Kiel,
er stakte langsam vor.
Ein bleicher Streif vom Himmel fiel
weithin durch Schilf und Rohr.

Die Reuse glänzte unterm Pfahl,
der Hecht schlug hart und laut.
Der letzte Fang war schwarz und kahl,
das Netz zerriß im Kraut.

Die nasse Stange auf den Knien,
die Hand vom Staken wund,
er sah die toten Träume ziehn
als Fische auf dem Grund.

Er sah hinab an Korb und Schnur,
was grau als Wasser schwand,
sein Traum und auch sein Leben fuhr
durch Binsen hin und Sand.

Die Algen kamen kühl gerauscht,
er sprach dem Wind ein Wort.
Der tote Hall, dem niemand lauscht,
sagt es noch immerfort.

Ich lausch dem Hall im Grabgebüsch,
der Tote sitzt am Steg.
In meiner Kanne springt der Fisch.
Ich geh den Binsenweg.

Johannes Bobrowski

Dorfmusik

Letztes Boot darin ich fahr
keinen Hut mehr auf dem Haar
in vier Eichenbrettern weiß
mit der Handvoll Rautenreis
meine Freunde gehen umher
  einer bläst auf der Trompete
  einer bläst auf der Posaune
Boot werd mir nicht überschwer
hör die andern reden laut:
dieser hat auf Sand gebaut

Ruft vom Brunnenbaum die Krähe
von dem ästelosen: wehe
von dem kahlen ohne Rinde:
nehmt ihm ab das Angebinde
nehmt ihm fort den Rautenast
  doch es schallet die Trompete
  doch es schallet die Posaune
keiner hat mich angefaßt

alle sagen: aus der Zeit
fährt er und er hats nicht weit

Also weiß ichs und ich fahr
keinen Hut mehr auf dem Haar
Mondenlicht um Brau und Bart
abgelebt zuendgenarrt
lausch auch einmal in die Höhe
   denn es tönet die Trompete
   denn es tönet die Posaune
und von weitem ruft die Krähe
ich bin wo ich bin: im Sand
mit der Raute in der Hand

Peter Huchel

Exil

Am Abend nahen die Freunde,
die Schatten der Hügel.
Sie treten langsam über die Schwelle,
verdunkeln das Salz,
verdunkeln das Brot
und führen Gespräche mit meinem Schweigen.

Draußen im Ahorn
regt sich der Wind:
Meine Schwester, das Regenwasser
in kalkiger Mulde,
gefangen
blickt sie den Wolken nach.

Geh mit dem Wind,
sagen die Schatten.

Der Sommer legt dir
die eiserne Sichel aufs Herz.
Geh fort, bevor im Ahornblatt
das Stigma des Herbstes brennt.

Sei getreu, sagt der Stein.
Die dämmernde Frühe
hebt an, wo Licht und Laub
ineinander wohnen
und das Gesicht
in einer Flamme vergeht.

Johannes R. Becher

Oberbayrische Hochebene

Kornfelder; und ganz hinten an dem Rand
Ziehn Pappeln hin, dort, wo die Straße schleift
Die Ebene aufwärts. Aus dem Wald greift
Ein Mast heraus. Draht schwingt ins Land.

Dies alles menschenleer und unnahbar.
Die Wolken, drin die Berge sich verstecken:
Schon donnernd. Kläglich läutet die Gefahr
Ein Kirchlein an. Die Pappelreihen schrecken

Im Windstoß auf, schräg hingestreift vom schweren
Gewölk. Die Straße wird gehoben
In Säulen Staub. Und plötzlich Stille wieder.

Dann rauscht's im Raum. Wie weggewischt die Ähren.
Die Blitze hängen schon in Bündeln oben.
Der Mohn winkt noch. Da schlägt der Hagel nieder.

Johannes Bobrowski

Gegenlicht

Dämmerung.
Wie das Grasland
hertreibt, die breite Strömung,
Ebenen. Kalt, unzeitig
der Mond. Ein Flügelschlag nun.

Auf den Ufern der Ströme,
weit,
als sie der weite
Himmel umarmt hielt,
hörten wir Singen
im Wälderschatten. Der Ahn
ging verwachsenen Gräben nach.

Vogelherz, leicht, befiederter
Stein auf dem Wind.
In die Nebel
fallend. Gras und die Erde
nehmen dich an, eine Spur
Tod, einen Schneckenpfad lang.

Aber
wer erträgt mich,
den Mann mit geschlossenen Augen,
bösen Mundes, mit Händen,
die halten nichts, der dem Strom
folgt, verdurstend,
der in den Regen
atmet die andere Zeit,
die nicht mehr kommt, die andre,
ungesagte, wie Wolken,
ein Vogel mit offenen Schwingen,

zornig, gegen den Himmel,
ein Gegenlicht, wild.

Paul Celan

Entwurf einer Landschaft

Rundgräber, unten. Im
Viertakt der Jahresschritt auf
den Steilstufen rings.

Laven, Basalte, weltherz-
durchglühtes Gestein.
Quelltuff,
wo uns das Licht wuchs, vor
dem Atem.

Ölgrün, meerdurchstäubt die
unbetretbare Stunde. Gegen
die Mitte zu, grau,
ein Steinsattel, drauf,
gebeult und verkohlt,
die Tierstirn mit
der strahligen Blesse.

Theodor Kramer

Im großen Flachland

Im großen Flachland, schwarz durchsetzt von Föhren,
lag oft ein Landstrich seit dem Vorjahr brach;
der Schrei des Bussards war weithin zu hören,
und zögernd wuchs das Gras am Wegrand nach.
Die fahlen Schollen darbten unzerkleinert,
die feuchten Furchen füllte kleiner Spelt;
es stand, von Schnecken taub und weiß versteinert,
in seinen Kämmen rings des Feld erhellt

bis in den Mai. Dann schoß nach langem Regen
der wilde Wermut hoch und herb ins Kraut,
und derbes Unkraut stand an allen Wegen,
in diesen Breiten spärlich sonst geschaut.
Es wiegten groß und mit verdickten Knoten
die Hirtentäschchen sich im heißen Hauch;
Käspappeln prangten mit gerippten Broten,
und Würger schwirrten viel von Strauch zu Strauch.

Die Wespen bauten in den Spalten Waben;
die Föhrenstände einzig blieben breit
auf ihren bleichen Dünen stehn und gaben
der Gegend die gewohnte Düsterkeit.
Ein weites Schweben war in allen Samen,
die Distelsterne sperrten groß und kraus
die Pfade und die wenigen Dörfer nahmen
in ihren Senken sich wie Schemen aus.

Botschaften des Regens

Günter Eich

Botschaften des Regens

Nachrichten, die für mich bestimmt sind,
weitergetrommelt von Regen zu Regen,
von Schiefer- zu Ziegeldach,
eingeschleppt wie eine Krankheit,
Schmuggelgut, dem überbracht,
der es nicht haben will –

Jenseits der Wand schallt das Fensterblech,
rasselnde Buchstaben, die sich zusammenfügen,
und der Regen redet
in der Sprache, von welcher ich glaubte,
niemand kenne sie außer mir –

Bestürzt vernehme ich
die Botschaften der Verzweiflung,
die Botschaften der Armut
und die Botschaften des Vorwurfs.
Es kränkt mich, daß sie an mich gerichtet sind,
denn ich fühle mich ohne Schuld.

Ich spreche es laut aus,
daß ich den Regen nicht fürchte und seine Anklagen
und den nicht, der sie mir zuschickte,
daß ich zu guter Stunde
hinausgehen und ihm antworten will.

Wilhelm Lehmann

Die Signatur

Damastner Glanz des Schnees,
Darauf liest sich die Spur
Des Hasen, Finken, Rehs,
Der Wesen Signatur.

In ihre Art geschickt,
Lebt alle Kreatur.
Bin ich nur ihr entrückt
Und ohne Signatur?

Es huscht und fließt und girrt –
Taut Papagenos Spiel
Den starren Januar?
Durchs Haupt der Esche schwirrt,
Der Esche Yggdrasil,
Die Hänflings-, Zeisigschar.

Die goldnen Bälle blitzen,
Vom Mittagslicht gebannt,
Bis sie in Reihen sitzen,
Der Sonne zugewandt,
Wie Geister von Verklärten,
Die noch die Götter ehrten.

Die leisen Stimmen wehn
Aus den verzückten Höhn
Ein Cembalogetön.
Die Vogelkreatur,
Kann ich sie hören, sehn,
Brauch ich nicht mehr zu flehn
Um meine Signatur.

Günter Eich

Winterliche Miniatur

Übers Dezembergrün der Hügel
eine Pappel sich streckt wie ein Monument.
Krähen schreiben mit trägem Flügel
eine Schrift in den Himmel, die keiner kennt.

In der feuchten Luft gibt es Laute und Zeichen:
die Hochspannung klirrt wie Grillengezirp,
die Pilze am Waldrand zu Gallert erbleichen,
ein Drosselnest im Strauchwerk verdirbt,

der Acker liegt in geschwungenen Zeilen,
das Eis auf den Pfützen zeigt blitzend den Riß.
Wolken, schwanger von Schnee, verweilen
überm Alphabet der Bitternis.

Ernst Meister

Atem der Steine

Ja, sie, die sich vergißt,
wenn der Sturm bricht
aus der steinernen Höhle,
Windgott, geharnischt;
vergessen: Sprache.

Getilgt; und wieder
geerbt in des Lebens
Rede von Traum und Leib …

Sie aber haben Gespräch:
Steine mit Steinen,
klirrendes, spröde
Lettern, mächtige,
in der Höhle Schlund,

und sie werfen,
was sie selber nicht sind,
Atem jäh
über den Erstaunten.

Johannes Bobrowski

Rufe

Über dem breiten Hang –
der Wiese, den Zäunen, über
den Pfählen – ich war der Wind
und unablässige Rede
drunten des Stroms, ich kam
mit Kalmushänden, ich war
ohne Laut, ich lag
im Gras mit geöffneter Schläfe,
die Grillen umschnürten
mein Haar.

Einer, immer, der
nimmt mich auf, der ist
geflogen über den Winden, der hat
gehört auf die Rede
im Ufersand, wo die Kälte
brennt, auf dein Auge
legte sich Reif, einer Blume

schweigendes Eis, eine Träne
im Mittag.

Der
hat mich gehört. Ich sah nicht
den Mann, der die Angel
stellte tiefer, die Frauen
spülten die Wäsche vom Kahn,
es kam auf der Uferstraße
der andre mit Pferden, im Rauch,
über den Zäunen ging
der Gesang zweier Rufe, einer
tönte hell und die Antwort
tief, sie verfing sich abends
aber im Wind.

Oskar Loerke

Keilschriftzylinder

Auf braunen Tonzylindern winden sich die Zeilen
Weiser Schrift, im Feuer erprobt, im Ofen gebacken;
In Spiralen ein Gedränge von Keilen,
Die wie Schnäbel nach dem Weltsinn hacken.

Am Ende winden sie sich in das Leere
Auf unsichtbaren Wendeltreppen weiter.
Aus Tiefer und Höher trifft an jeder Kehre
Ein Reim sich auf der schiefen Himmelsleiter.

Das Berghorn schreibt sich ein aus Nebelbrauen,
Der Wildgansflug klatscht an mit offnen Fächern,
Und in die letzten Riesenreihen tauen
Die Demantkeile von den Himmelsdächern. –

Vergessen der Segen, Den unten die Zeichen erbaten, –
Der Schatten der Bäume zog viele Zirkel im Rasen.
Vergessen der Zauber, den die Zylinder geraten,
Das Heilkraut-Pulver in Apothekervasen.

Verfallen der Ofen, seine Ziegel zerbrochen,
Längst verzogen der Qualm seiner Scheiter.
Verwest die Schreiber, zerstaubt ihre Knochen –
Von selbst dichtet die Welt sich weiter.

Peter Huchel

Das Zeichen

Baumkahler Hügel,
Noch einmal flog
Am Abend die Wildentenkette
Durch wäßrige Herbstluft.

War es das Zeichen?
Mit falben Lanzen
Durchbohrte der See
Den ruhlosen Nebel.

Ich ging durchs Dorf
Und sah das Gewohnte.
Der Schäfer hielt den Widder
Gefesselt zwischen den Knien.
Er schnitt die Klaue,
er teerte die Stoppelhinke.
Und Frauen zählten die Kannen,
Das Tagesgemelk.
Nichts war zu deuten.
Es stand im Herdbuch.

Nur die Toten,
Entrückt dem stündlichen Hall
Der Glocke, dem Wachsen des Efeus,
Sie sehen
Den eisigen Schatten der Erde
Gleiten über den Mond.
Sie wissen, dieses wird bleiben.
Nach allem, was atmet
In Luft und Wasser.

Wer schrieb
Die warnende Schrift,
Kaum zu entziffern?
Ich fand sie am Pfahl,
Dicht hinter dem See,
War es das Zeichen?

Erstarrt
Im Schweigen des Schnees,
Schlief blind
Das Kreuzotterndickicht.

Erika Burkart

Reduktionen

Die Gewalt der Zeichen.
Sie deuten rückwärts,
weisen voraus.
Das Quadrat ein Haus. Die Scheibe
eine schwarze Sonne
am Rand der Welt.
Setzung und Satzung,

Pfahl im Schnee,
Kreuz im Hain,
Orte; ihre Durchdringung,
außerorts aber die Schwingung
als Leerfeld, nachtfahles Wehn
und Frage im Stein,
woher wir kommen,
wohin wir gehn.

Sarah Kirsch

Das Zeichen

Ein Maulwurf die lebende
Warme Speise wimmelnder Maden
Verläßt am lichten Mittag die Erde.
Der Bauer erschlägt ihn und sieht
Seine Scheune am Abend
In hellroten Flammen stehn.

Peter Huchel

Todtmoos

In Todtmoos
sah ich in weißer leuchtender Schneeluft
schneepflückende Wesen fliegen.
Ich griff in den Flockenfall
und fing nur Kälte.

Schneenarben an den Felsen,
Wegzeichen wohin? Schriftzeichen,
nicht zu entziffern

Christine Lavant

Die roten Feuerbohnen frieren im Frühherbstwind,
über ihnen sammeln sich die ersten ängstlichen Vögel.
Zerraufter noch als das Bohnenlaub ist das Haar meiner Schwester.
Bald wird sie weinen und den kommenden Winter verfluchen,
weil er den Armen leerere Schüsseln und kalte Stuben bringt.
Gern möchte ich meine Hände auf ihre zornigen Augen legen,
aber sie hat ein zartes und leicht erschreckbares Herz –;
das würde alles von mir wissen, alles mit mir teilen wollen.
Doch es ist besser, mit den zäheren Dingen zu teilen,
welche keinen Zorn und keine Verwünschungen kennen.
Ich möchte nicht, daß du verwunschen würdest,
der du mich jetzt schon hungern und frieren läßt.
Darum tausche ich nur leise durch das zerbrochene Fenster
mit Feuerbohnen und Wandervögeln
die unscheinbaren Zeichen der langen Geduld.

Günter Kunert

Aus Vogelflug gelesen

Da streicht er über Gras und Erde,
ein Balg, geflügelt, ohne Laut.
Er fliegt und spürt dabei, er werde
so ewig fliegen. Neidvoll schaut

das Beispiel einer Art zu leben:
bedenkenlos zu sein in jedem Augenblick,
bedenkenlos zu fallen und zu schweben:
uns führt zu diesem Dasein nichts zurück.

Erika Burkart

Zauberwort

Meer Vergessen
Insel Erinnern,
Wellen und Rose,
Schrift Blatt um Blatt
um das mitteninnen
versteckte Wort.

Prospero. Er verschwand
wie der Kern im Baum,
der Baum im Kern.

Sarah Kirsch

Lautlos

Eine Schote mit lachenden Zähnen
Erbsen im Maul weit hinten im Garten
Arcimboldosches Grinsen vorm Frost
Hülle und Fülle und schöner Verfall
Huschende Vögel.

Günter Eich

Angst

Zeilen in die Hügelflanke
zieht der Motorpflug,
wie ein düsterer Gedanke
fällt ein Krähenzug.

Hier will ich ihn nicht bedenken
zwischen Rohr und Gras,
wo die Krähen abwärts schwenken
vor dem Auspuffgas.

Nimmer soll er mich beschweren,
was er mir auch zeigt.
Aber wie kann ich mich wehren,
wenn der Traktor schweigt?
Wie, wenn es noch weiter dauert,
da die Stille wächst,
mich mit Krähenflug umlauert
und mit Flügelschrift behext?

In den leeren Himmel starrend
weiß ich ihn doch voll,
regungslos des Grauens harrend,
das ich lesen soll.

Nachwort

Der magische Weg, ein Titel von Oskar Loerke, ist wie geschaffen dafür, dieser Anthologie den Namen zu geben. Sie präsentiert Gedichte einer Gruppe von Autoren, die in den zwanziger Jahren des vorigen Jahrhunderts in der Lyrik nach neuen Wegen suchten. Diese Gruppe wird sehr häufig als naturmagische Schule bezeichnet. Zu ihr gehörten neben Loerke bedeutende Lyriker wie Wilhelm Lehmann, Elisabeth Langgässer, Günter Eich und Peter Huchel. Sie alle wollten das Naturgedicht wiederbeleben und sahen dabei das Gemeinsame von Natur und Poesie im »Lebendigen, Fließenden, Organischen« (Langgässer). Die Idee von der wechselseitigen Affinität von Lyrik und Natur entlehnten sie dem romantischen Denken. Impuls für diesen Rückgriff war die Ablehnung der zeitgenössischen Literatur, in der die soziale und politische Welt im Vordergrund stand und die natürliche Umgebung des Menschen als Thema keine oder nur eine sekundäre Rolle spielte. Die Vertreter der naturmagischen Schule hingegen wollten das universelle Leben, das Leben in seiner Ganzheit, in die Poesie zurückholen. Das Gedicht sollte mittels einer Sprache, die man sich als von der Fülle der natürlichen Zeichen inspiriert vorstellte, wie ein Zauberspruch die autonome Wesenheit der Natur offenbaren. Die romantische Naturphilosophie hatte – über hundert Jahre zuvor – nicht nur die Entfremdung von Mensch und Natur beklagt, sondern auch der Poesie die Heilung des Bruchs aufgetragen. Dieser Weg sollte nun weiter verfolgt werden: Es galt, die Sinne zu entgrenzen und traditionelle Wahrnehmungsgewohnheiten zu durchbrechen, um der Vorherrschaft eines Denkens in den Kategorien von Nutzen und Zweckmäßigkeit und der alleinigen Ausrichtung an mechanischen Gesetzen entgegenzuwirken.

Dabei orientierten sich die Naturmagiker zugleich an der Literatur der Realisten. Von ihnen lernten sie, dass naturwissenschaftliche Vorkenntnisse das genaue Beobachten der natürlichen Umwelt befördern konnten – ohne einer weiterführenden Deutung des Geschauten im Wege zu stehen: Die naturmagische Schule schrieb den Texten der Realisten eine magische Ausstrahlung zu, besonders den Gedichten Annette von Droste-Hülshoffs, aber auch den Werken von Eduard Mörike, Theodor Storm und Gottfried Keller.
Romantisches Denken, poetischer Realismus und schließlich moderne Sprachkritik wirken in den Gedichten der Naturmagiker zusammen. Von den Expressionisten dagegen grenzte sich die Gruppe ab. Für die Naturlyriker galt, dass der Mensch sich bescheiden und die gewaltige Macht der Natur als eines selbsttätigen Subjekts respektieren solle. Der Subjektivität des Einzelnen kam damit im Gegensatz zur Hypostasierung des Subjekts im Expressionismus nur eine marginale Bedeutung zu.

»Magie ist keine Methode, kein Forschungsgegenstand, kein begrenztes Tätigkeitsfeld, sondern eine Denkweise, der der Mensch ergeben sein muß.« So beschrieb ein Weggefährte der naturmagischen Schule, der Publizist Werner Milch, 1930 in seinem Aufsatz *Magische Dichtung* das gemeinsame Programm. Den Beteiligten schwebte eine intuitive Poetik vor: Ein Gedicht wurde daran gemessen, ob es in sinnlicher Anschauung »höhere Bedeutung« (Hölderlin) zu vermitteln vermochte. Eine Welt der Wunder war dem menschlichen Auge und Ohr zu öffnen und die Vertreter der magischen Schule wollten dies durch ein intensives, gleichsam magisches Beschreiben erreichen. Inzwischen hat diese Poesie ihre Anziehungskraft bewiesen: Im weiteren Verlauf des Jahrhunderts fand sie nicht wenige Nachfolger und Erben.
Zunächst stieß die naturmagische Schule jedoch öffentlich kaum auf Beachtung. Der Grund war wohl, dass es sich um eine literarische Strömung handelte, die in keiner Weise aufklärerisch wirken wollte. Aus Sicht der Naturmagiker brauchte

es keinen Beweis, dass der Sinn der Welt in der Natur lag. Ihn aufzufinden war, Oskar Loerke zufolge, der Imperativ des Naturgedichts. Dem naturmagischen Text schrieb man zu, die Identität des Universums unmittelbar hervortreten lassen und die Sprache der organischen Welt repräsentieren zu können – etwas, was dem menschlichen Logos nicht möglich sei. Diesen Ansatz hatten auch die Frühromantiker verfolgt. Er begründete eine Sicht auf die Realität, die der Apologie einer allein von Fakten bestimmten Welt diametral entgegengesetzt war. 1994 würdigte der Lyriker Wulf Kirsten das Schaffen der naturmagischen Schule: Es sei ihren Vertretern gelungen, »das Unsichtbare, das Geheimnisvolle der Schöpfung zu benennen, also das Magische« – ohne es loszulösen »vom Sichtbaren, Wirklichen in seinen großen und kleinen Gestalten«. Vom Universum, von Größe und Allmacht der Natur, ist in den Gedichten der Naturmagiker kaum die Rede. Im Gegenteil: Unverkennbar ist die Vorliebe für das Kleine, Weiche, Sanfte, Unscheinbare. Darin ist nicht zuletzt eine Kritik am Zeitgeist zu sehen, der seit den späten zwanziger Jahren des 20. Jahrhunderts zunehmend von gewaltverherrlichenden Ideologien geprägt war. Der Enthusiasmus der Naturlyriker für die lebendige Natur hatte hingegen nichts mit Begeisterung für Kampf, Gewalt und Vernichtung des Schwächeren, nichts mit »Darwinismus« und »Vitalismus« zu tun. Und so widersprachen sie auf ihre leise Art eindringlich dem propagandistischen Leitdiskurs des NS-Staates, der unseligen Ableitung der Rassenideologie aus den Naturgesetzen.

Die Gedichte dieser Sammlung bedienen sich einer auf den ersten Blick fremden Bildsprache, obwohl die Weltsicht der Dichter viel mit unseren heutigen Sehnsüchten und Perspektiven im Umgang mit der Natur zu tun hat. Im Zentrum der einzelnen Kapitel, deren Titel ihnen zugehörigen Gedichten entnommen sind, steht jeweils e i n e regelmäßig wiederkehrende, also wesentliche Begegnung des Menschen mit der Natur. Im ersten Kapitel – *Vogelwolke* – werden die Vögel gefeiert, weil sie frei und ihre Bewegungen schön sind. Der Vogelflug wurde seit jeher von den Menschen als Zeichen gedeutet, auch für die naturmagische Schule ist er Teil der Sprache der Natur. Besonders die Formationen der Zugvögel wurden häufig als Signatur gelesen, als eine Schrift am Himmel, in der sich die Einheit von Sinn und Existenz manifestiert: Fliegend bilden die Vögel das Gesetz ab, dem sie folgen. Für den Menschen, so Loerke, kann das Verständnis dieser Zeichen zur Erkenntnis des »eigene(n) Magische(n)« beitragen. In diesem Sinn rufen die Vogelgedichte von Loerke und Lehmann zur Wahrnehmung schöner Ordnungen auf. Von der Unordnung in der menschlichen Welt ist (noch) nicht die Rede. Das ist besonders Wilhelm Lehmann oft zum Vorwurf gemacht worden. Tatsächlich sind seine Gedichte ambivalent: Dass die Harmonie der Natur in ihnen unentwegt als ein Fest für die Sinne gefeiert wird, hat mit Lehmanns Verweigerung zu tun, auch noch den letzten Zufluchtsort dem Krieg und der Gewalt preiszugeben, bedeutet jedoch zugleich die Flucht vor dem Chaos in einer heillosen Welt. Der Gegensatz zu Texten von Peter Huchel aus der gleichen Zeit ist deutlich erkennbar. Für Huchel war Natur nie die Imago der »heilen Welt«. In seinen Texten ist Naturwahrnehmung stets durch Kontraste strukturiert. In seinen Vogelgedichten stoßen Hell und Dunkel, Schwan und Krähe aufeinander, die Bewegungen sind heftig und gewaltsam. Der Kern des Natürlichen ist Energie: Alles schießt, stürzt, fällt, weht. Ruhe wäre Erstarrung.

Pathos, also feierliche – zudem öffentliche – Rede ist den Lyrikern der magischen Schule fremd. Trotzdem wird das zweite Kapitel, das den Bäumen gewidmet ist, von einem pathetischen Gedicht eröffnet, von Johannes R. Bechers *Ich bin der Wald*, um den Wechsel der Tonart beziehungsweise des Sprachgestus von der expressionistischen Lyrik zur naturmagischen Poesie deutlich zu machen. Auch in allen folgenden Kapiteln kommen regelmäßig Antipoden der naturmagischen Schule wie Erich Arendt, Bertolt Brecht, Gottfried Benn, Stefan George und Hugo von Hofmannsthal zu Wort. Die naturmagische Poesie bildet das Zentrum der Sammlung, aber sie soll nicht als Monolith dargestellt werden. Entsprechend umfasst die Anthologie auch Texte der Erben der naturmagischen Schule: Nachwirkung ist der beste Beweis für den Ertrag einer literarischen Strömung. Die Nachfahren der Naturmagiker erhalten im zweiten Teil eines jeden Kapitels den ihnen gebührenden Raum. Ihre Gedichte widerlegen die These vom Ende des Naturgedichts, das Jürgen Becker 1974 in seinem Gedichtband *Ende der Landschaftsmalerei* prophezeite. Die kritischen Erben haben bewiesen, dass die poetische Reflexion der Beziehung des Menschen zur Natur in der Lyrik fortgesetzt und um neue Aspekte, vor allem den der Naturzerstörung, erweitert wurde.

Die Spuren der naturmagischen Dichtung lassen sich bis weit hinein in die DDR-Lyrik verfolgen. Im Gegensatz dazu steht der Abbruch der Naturlyrik in der Bundesrepublik am Ende der fünfziger Jahre. Die entstandene Leerstelle wurde jedoch in den sechziger Jahren neu besetzt, als »Natur« auch in der Lyrik politische Konnotationen erhielt. Es entstanden Zeitgedichte im besten Wortsinn, in denen die Natur jedoch lediglich als Bildspender fungierte. Diese – bedeutende – Strömung der politischen Lyrik ist in der Anthologie durch Texte von Erich Fried und Hans Magnus Enzensberger vertreten. Lediglich andeutungsweise dokumentiert werden konnten in diesem Kontext Umwelt-, Warn- und Anti-Atomlyrik.

Die Tendenz, die als groß und allumfassend gedachte Natur dann doch im mikrokosmischen Umfeld aufzusuchen, belegen die Kapitel *Ich bin der Wald, Im Gewitter der Rosen* und *Undine geht*. Hier wird Natur aus unmittelbarer Nähe angesehen. Nur was sich den Sinnen erschließt, hörbar ist wie das Rauschen des Wassers oder der Bäume, sichtbar ist wie Farben, erlebbar wie die Wechselhaftigkeit der Formen, gelangt ins Gedicht. Das ändert sich erst nach 1945, besonders mit der Lyrik von Johannes Bobrowski.

Man könnte vermuten, dass in den Wald-, Wasser- und Gartengedichten nur Harmonie und Frieden herrschten. Aber Idyllen sind gar nicht so häufig: Stets mischen sich die freundlichen mit den unheimlichen Zügen der Natur. In den »wendischen Weidenmüttern« mit »klaffender Brust« (Huchel: *Ölbaum und Weide*), der »finsteren Zeugung« abstoßendem Bild (Langgässer: *Panische Stunde*) und dem Anblick von Vergänglichkeit und Verwesung, der »Leichen bunter Pracht« (Lehmann: *Rosen im Mittagsbrande*) tritt die bedrohliche Seite der Natur zu Tage. Auch das (Ab-)Sterben gehört zu dem von der Natur vorgegebenen Zyklus: Alle Landschaften haben auch eine Nachtseite und diese trägt die Maske des Todes (Huchel: *Letzte Fahrt*, Bobrowski: *Letztes Boot, darin ich fahr*).

»Eine entzückende Seite unserer modernen Kunst ist das Hervortreten des Elementaren«, bemerkte Theodor Fontane 1880. Die Vorliebe dafür teilten die Naturlyriker mit den Realisten. Immer wieder machten sie sich auf die Suche nach dem Elementaren – und entdeckten es häufig in kleinen Gestalten, bei hexen- oder koboldhaften, widerspenstigen Wesen. Deren bunte, einladende, teils aber auch bedrohlich wirkende Vielfalt bewahrt die Gedichte vor Sentimentalität. Besonders Huchel wusste von früh an für seine Poetik die Vieldeutigkeit des schnellen Wechsels nutzbar zu machen, der nicht zuletzt eben auch als Nachtseite und Drohgebärde der Natur gedeutet werden kann. Die traditionellen Kategorien des Guten und Bösen besitzen in der naturmagischen Dichtung keine Gültigkeit mehr: In den Evokationen der unsteten, bewegten und zerstörerischen Natur mischen sich die unheimliche Anziehungskraft durch das Elementare und die heimliche Furcht davor – und dadurch gewinnen die Naturbilder an Dynamik.
Diese Unruhe dominiert die Gedichte des Kapitels *Metamorphosen*. In ihnen erscheint Verwandlung, Wandelbarkeit, jene Seite des Elementaren, die man in der zivilisierten Welt längst gebändigt zu haben glaubte, als ureigenstes Charakteristikum der Natur. Die Dichter aber erkennen im dauernden Wandel

alles Natürlichen zugleich die Gleichgültigkeit der Naturgesetze gegenüber dem menschlichen Wollen: ein Moment, wo die Dialektik der Natur gesehen und akzeptiert wird.
Handhabbar, dem Menschen - auch dichterisch - vermittelbar wird die Wechselhaftigkeit der Natur durch den Rückgriff auf mythische Gestalten. Wenn Götter sich selbst oder die Menschen in Pflanzen und Tiere verwandeln, ist damit nichts anderes thematisiert als der Konflikt zwischen dem menschlichen Bedürfnis nach Identität und dem Plan der Natur, der die Unverwechselbarkeit des Ichs nicht vorsieht. Sigmund Freud zufolge, dessen Schriften die Autoren der naturmagischen Schule gut kannten, verliert zum Beispiel Daphne, die im Mythos vor Apoll bewahrt bleibt, indem sie die Gestalt eines Baumes annimmt, durch die Verwandlung - die Regression bedeutet - ihre Identität. Der von den Dichtern der naturmagischen Schule ebenfalls geschätzte Mythenforscher Karl Kerènyi hingegen würde Daphne als gerettet betrachten. Ist es also möglich in den Schoß der Natur zurückzukehren - ohne dabei seiner Identität verlustig zu gehen?
Zwischen 1933 und 1945 erfüllten diese Mythen nicht zuletzt auch die Funktion einer Geheimsprache. Loerke, Lehmann, Langgässer, aber auch Huchel und Eich sahen sich in die »innere Emigration« gezwungen. Sie reflektieren diesen Zustand, wenn sie die Mythen danach fragen, was die Schwachen dem Triumph der Gewalt entgegenzustellen haben und ob und wie die Schäden, die der Zivilisation durch die entfesselte Gewalt entstehen, abzuwehren sind. So gesehen, war die naturmagische Behandlung des Daphne-Mythos auch Teil eines Diskurses über Gewalt und die Möglichkeit, diese einzudämmen.
Die »Naturmagiker« hatten sich in den zwanziger Jahren des 20. Jahrhunderts mit dem Vorsatz zusammengefunden, die Politik von der Poesie fern zu halten. Aber ihre ganz unpolitisch gemeinte Naturlyrik belegte schließlich gegen ihren Willen die Unmöglichkeit, Natur als poetischen Ort der Schönheit und des interesselosen Wohlgefallens zu erhalten. Brechts viel zitierter Vers über Zeiten, in denen »ein Gespräch

über Bäume fast ein Verbrechen« ist, bewahrheitete sich einmal mehr. Exemplarisch zeigt Loerkes Gedicht *Der Silberdistelwald* die Ambivalenz des Verweigerungsgestus, in den die Naturlyriker sich zurückgezogen hatten. Loerke, obwohl ein kompromissloser Gegner des Nationalsozialismus, blieb hinsichtlich der Auseinandersetzung mit dem Regime auf seine poetische Sprache - und damit deren partielle Undeutlichkeit - angewiesen: Nur durch sie und mit ihr konnte er von Zerstörung und Verödung Zeugnis ablegen. Das galt in jenen Jahren für alle Naturlyriker der magischen Schule. Ihr Thema änderte sich nicht, aber der Ton bezeugte, wie sehr sich die *Bedeutung* von Natur geändert hatte. Als hätten die Naturmagier die eigene Blindheit erahnt, sprachen sie elegisch von einer unwiederbringlich verlorenen Welt.

Nach 1945 zogen Huchel und Eich, vor allem aber Bobrowski die Konsequenz aus der Allgegenwart des Politischen. Ihnen wurde sehr rasch klar, dass aus Deutschlands Ruinen, anders als es sich Becher erhofft hatte, nicht einfach neues Leben erblühen würde. Dass Krieg und Vernichtungswaffen auch den »heilen Ort« Natur bedrohen, war eine Erfahrung, zu der nicht zuletzt die Nachrichten über radioaktiven fall out und Zugvögel, die in der Nähe der Testgebiete in der Luft verbrannten, beitrugen. Nicht wieder gut zu machende Schäden waren entstanden, was die Beziehung des Menschen zur Natur betraf. Dieses Wissen hatten die Naturmagiker der Mehrheit ihrer Landsleute voraus. Die entsprechenden Gedichte werden im Kapitel *Nänie* präsentiert. Bilder der Ausrottung, Verfolgung und des Untergangs drangen zunehmend in die Texte der Lyriker ein. In Eichs Gedichten *Im Sonnenlicht* oder *Der große Lübbe-See* sind Verlusterfahrung und Reflexion von Schuld nicht voneinander zu scheiden. Bobrowski erklärte die persönliche Schuld ausdrücklich zu seinem Thema. »Beständig ist das leicht Verletzliche«, lautet ein Vers von Loerke (*Die Laubwolke*). Von der Hoffnung auf die Versöhnung zwischen Mensch und Natur hatten die Dichter sich nach 1933 Schritt für Schritt verabschieden müssen.

Einen Gegenpol zu dem Ernst, der die Naturlyrik der Nachkriegsjahre charakterisiert, bilden die Texte des Kapitels *Landschaft aus der Luft*. Die Überschrift ist zugleich Titel eines Gedichtes von Karl Krolow. Die Entdeckung, dass der Natur ein spielerischer Zug innewohnt und die Poesie davon profitieren kann, ist Wilhelm Lehmann zu verdanken. In den fünfziger Jahren nun leitet Krolow das Element des Leichten, Spielerischen nicht mehr aus den Ideen des *magischen Weges* her, sondern er schöpft aus dem Inventar der Moderne. Krolow experimentiert mit surrealistischen Verfahren, wirbelt die Anordnung der Gegenstände im Raum durcheinander und perforiert deren Körperlichkeit, so beispielsweise in *Einen Garten zeichnen*. Damit bleibt er nicht allein. Wo immer die Bindung an das Reale zugunsten phantastischer Projektionen gelockert wird und die vormals strengen Grenzen zur Komik durchlässig werden, erfolgt auch eine Ablösung vom »Magische(n) als Denkweise«.
Vorboten des komischen oder heiteren Gedichts finden sich schon bei Loerke, Lehmann und dem jungen Huchel. Damals basierten die spielerischen Momente allerdings noch auf traditionellen Verfahren wie der Lautmalerei oder dem Haufenreim. Die jüngeren, von der Moderne inspirierten Lyriker der Nachkriegsjahre hingegen erzeugten die komischen Effekte durch Satzbrüche, häufigen und unerwarteten Bildwechsel, Vermischung der Redeebenen und Diffusion des sprechenden Ichs, das im Text nicht als lyrisches Subjekt fungiert, sondern als Figur, die wünschbare Welten generiert oder die Realität symbolisch aufhebt wie es beispielsweise in Sarah Kirschs *Schöner See Wasseraug* geschieht.

Wie immer sich das Naturgedicht in der zweiten Hälfte des 20. Jahrhunderts auch wandelte, einige seiner Merkmale blieben konstant. Für die Gedichte des Kapitels *Botschaften des Regens* beispielsweise ist das intensive Verhältnis der Autoren zur Sprache, ihre Arbeit mit dem und am Wortmaterial, charakteristisch. Nicht von ungefähr erinnern viele Gedichte an

Sprüche, Abzählreime, den Duktus mündlicher Rede. Die Metren schmiegen sich an den Rhythmus, die jeweilige Verslänge bildet das Redetempo ab. Assonanzen, Kehrreime und Alliterationen steigern die Klanglichkeit: Klangqualität und Musikalität der Texte ist besonders ausgebildet. Die Dichter scheinen die Konventionalisierung der Relation von Zeichen und Bedeutung zu ignorieren und streben die Mimesis des Elementaren, eine Poesie verhallender Töne, an. Dieses Vertrauen zur Sprache ist im Zeitalter von Sprachskepsis, experimenteller Lyrik und linguistischer Sprachkritik ungewöhnlich.

Sprache ist hier nicht nur Mittel und Material, sondern wird als *Natursprache* zum eigentlichen Gegenstand der Poesie erhoben. Das romantische Erbe verbindet sich mit der Auffassung, dass »Leben« selbst Kommunikation sei: Lebendige Natur kann folglich nicht stumm sein. Wenn der Mensch die Sprache der Wesen nicht hört, dann ist daraus zu schließen, dass er sich endgültig aus dem Universum der Natur ausgegliedert hat.

Die Lehre von der Natursprache war ursprünglich in ein religiöses Konzept der Weltdeutung eingebunden. Die Autoren der naturmagischen Schule teilten den religiösen Ansatz der Natursprachenlehre jedoch nicht. Die meisten von ihnen bekannten sich zum Pantheismus oder bezeichneten sich ausdrücklich als Atheisten. Dennoch übernahmen sie die Überzeugung, dass die Welt sicher gegründet und aufgehoben sei im großen Gespräch der Natur. – Dass es sich dabei um eine letzte Utopie der Naturmagiker handelte, stellte sich spätestens dann heraus, als die Auswirkungen menschlicher Eingriffe in die Natur zunehmend ins öffentliche Bewusstsein drangen. Eine Zeit lang wurde Trauer in der Naturlyrik zum allgegenwärtigen Moment. Damit verbanden sich weitere Veränderungen: In den Texten der Dichter begann die Natur zu »verstummen«. Das Geheimnis der »Signaturen« blieb unauflösbar, die Zeichen wurden fragwürdig und die Botschaften dunkel. In Eichs später Lyrik ist die Umdeutung der für sein

Schaffen zentralen Bilder allgegenwärtig. Schreiben, so der Autor nun, sei Übersetzen aus einer »nie gehörten und unhörbaren Sprache«, das aber gelänge nicht mehr. Diesen existenziellen Pessimismus, der nicht mit Sprachskepsis zu verwechseln ist, teilten mehrere Dichter dieser Generation: Bobrowski, Krolow und Bachmann. Noch bevor von Umweltschutz gesprochen und über Ökologie nachgedacht wurde, stellte Bobrowski im Gedicht *Wiesenfluß* die Diagnose, dass der Auftritt des Menschen das Leben der Natur, also Rede und Wechselrede der Wesen, störe und unterbreche. Mit Bobrowskis Gedichten setzte sich die Reihe der Absagen an das Versöhnungsdenken, das Loerke und Lehmann propagiert hatten, fort.

Der Zustand der politischen Welt im Kalten Krieg war nur eine von mehreren Ursachen für die einsetzende Veränderung des Naturgedichts. Eine ganz andere resultierte aus der zunehmenden Bedeutung der Massenkommunikationsmittel. Unmittelbares Erleben, persönliche Berührung mit der Natur, Faszination durch das Elementare - das alles hatte keinen Ort mehr in der Lebenswelt. Spöttisch bemerkte Benn in den fünfziger Jahren, dass das Zählen von Staubgefäßen und Blütenblättern nicht mehr angebracht sei, genaue Beobachtung und liebevolle Beschreibung sich also überlebt hätten. Natur, so schrieb Benn, sehe er lediglich noch in medialer Form; damit sei er angewiesen auf »Surrogate« (*Radio*). Der Dichter registriert, wie sich das Umfeld der Lyrik verändert hat, und bezeichnet damit keine interne Krise des Naturgedichts, sondern einen kulturellen Wandel, durch den der überlieferte Naturbegriff fragwürdig geworden war. Die Neudefinition von »Natur« - und die von »Naturlyrik« - ist unumgänglich, will man die veränderten Lebensbedingungen ästhetisch reflektieren können. Die Konsequenz war, was die Texte betrifft, zunächst der Ersatz der Bilder durch eine Metaphernsprache: Symbole treten zurück, Chiffren nehmen zu und mit ihnen auch die Dunkelheit der Gedichte. Exemplarisch für den Verlust der Nähe und das Einsetzen der hermetischen Tendenz ist

Huchels Spätwerk. Die Umwertung in seiner Lyrik hatte jedoch bereits Ende der fünfziger Jahre ihren Anfang genommen: Von dieser Zeit an überwog der Anteil dunkler Landschaften, in denen Kälte und Schweigen herrschen. Der Mensch sieht die Welt in eben jenem Schatten liegen, den er selber auf sie wirft. Er bringt das Unheil, das ihr Zustand ankündigt.
Diese Krise der Naturlyrik wurde von der folgenden Generation überwunden, als man »Natur« gänzlich aus der Aura des Geheimnisvollen herauslöste: Landschaften oder Naturphänomene wurden nicht mehr entworfen beziehungsweise einer Wahrnehmung nachgebildet, sondern konstruiert. Gleichzeitig trennten sich die Lyriker von der Vorstellung, dass Natur außer uns und gewissermaßen auf ewig unantastbar existiere. Der neuen Bedeutung des Natürlichen, des organischen Lebens, entsprechend, nimmt im zeitgenössischen Naturgedicht die Selbstkontrolle des sprechenden Ichs zu. Häufig wird sie explizit reflektiert wie bei Wulf Kirsten. Eine andere Variante ist, Naturbilder auf Distanz zu halten beziehungsweise durch Hervorhebung räumlicher oder zeitlicher Entfernung ihre Unmittelbarkeit zu negieren. Nur das Unerreichbare oder Unberührbare kann noch »reine Natur« vorspiegeln, so beispielsweise bei Erika Burkart und Sarah Kirsch. Naturbilder reflektieren nicht mehr die – gegebene oder als Wunschbild existente – Beziehung zur Natur, sondern fungieren stattdessen als Parabeln.

Mit dem Wissen, das Feminismus und Genderforschung über »Weiblichkeit« als Produkt sozialer Mechanismen bereitgestellt haben, lesen sich die Naturgedichte von Frauen wie ein unaufhörlicher Protest gegen die Rolle, die man ihnen ungefragt zugeschrieben hat. Ihr Naturbild erweist sich durchgehend als Negation der parallel bestehenden und als gültig proklamierten männlichen Naturauffassung. Die Vorstellung, dass in der »Ewigkeit« des Naturkreislaufs der Sinn der Welt beschlossen liegen solle, wird von den Frauen generell zurückgewiesen. Natürliche Abläufe nehmen in ihren Gedichten nicht selten bedrohliche Züge an. Bei Langgässer zum Beispiel deuten die Zyklen, in denen sich Zeugen, Gebären und Vergehen wiederholen, auf Hoffnungslosigkeit. Die Beziehung der Frau zur Natur ist immer erzwungen; das weibliche Ich erscheint oft als bloßes Objekt von Naturgesetzen, die es zur Selbstaufgabe zwingen.

Wenn Lyrikerinnen mit Mythen, Magie und Märchen umgehen, dann um das Dilemma der Existenz zwischen fremdbestimmten Bildern zu artikulieren. Das Universum der Naturlyrik war, zumal in Deutschland, eine Hervorbringung des männlichen Subjekts gewesen. Erst der Eintritt der Frauen in die Welt des Naturgedichts machte diese Einseitigkeit deutlich. Weit davon entfernt, sich als Epigonen zu verstehen – derartige Naturerfahrung war ohnehin noch nirgends formuliert worden –, begründeten die Dichterinnen eine Naturbeziehung, die sich nicht nur vom männlichen Ich und seiner Naturwahrnehmung loslöste, sondern auch von der Gleichsetzung von Weiblichkeit und Natur. So entstand tatsächlich der »andere Blick«, Gedichte von Frauen widerlegen, was männliche Projektion dem weiblichen Körper auferlegt hatte. Die stets deklarierte enge Beziehung von Weiblichkeit und Natur wurde nun als Deformation des weiblichen Ichs begriffen. Eine Befreiung von dieser Rolle war oft mühselig, wie die Bearbeitung des Arachne-Mythos durch Langgässer zeigt. Die göttliche Spinnerin wird aus ihrem schönen Leib vertrieben. In der Gestalt einer Spinne lebt sie fortan ihrer Kunstfertigkeit. Die Gottheit oder das Gesetz verdammen sie dazu, dass ihre Kunst zu bloßer Funktion herabgestuft wird. Die Konstellation, die Persönlichkeit opfern und – wie suggeriert wird – einem natürlichen Gesetz folgend an erster Stelle nützen zu müssen, ist symptomatisch – ebenso wie die Resignation der Geopferten. Bei Christine Lavant greift die Hexe »Kräuterfrau« nach dem armen Ich und pflanzt es ins Beet zu anderen braven Nutzpflanzen (*Im Lauchbeet hockt die Wurzelfrau*).

Besonders für die Lyriker*innen* war Droste-Hülshoff das Vor-

bild. Sie identifizierten sich mit ihr, die ihren Platz bei »Käfern und Asseln« (Langgässer) suchen musste, weil sie das Universum vom männlichen Geist besetzt fand. Fortan, so Langgässer, hatte das weibliche Ich sich dem Zwang der Beschränkung zu beugen gehabt, nicht zuletzt durch Verzicht auf den großen Anspruch und die allumfassende Perspektive. Tatsächlich fehlt in der Lyrik der Frauen der weite Blick, die Aussicht auf die Landschaften ganz und gar. Die Begründung dafür liefert Ingeborg Bachmann in ihrem Gedicht *Sterne im März* – eine Parabel über einen weiblichen Ikarus, die mit den Worten endet: »Und zuletzt auch gefügig dem Licht.«
Sarkasmus ist ein häufiger Stilzug in den Gedichten der Frauen. Groteske Bilder, in denen Schönes und Unförmiges vermischt wird, signalisieren die Feindschaft zwischen Frau und Natur. Die penible Wurzelfrau bei Lavant (*Im Lauchbeet hockt die Wurzelfrau*) gehört dazu ebenso wie der ungestalte Krötenleib in Gertrud Kolmars Gedicht *Ich bin die Kröte*. Die sich in das Naturgesetz fügende Sonnenblume im gleichnamigen Gedicht von Christine Busta ist am Schluss des Textes regelrecht zerhackt und bleibt, erblindet, dennoch duldsam. Ein sich häufig wiederholendes Bild kündet von der Angst davor, eingepflanzt, in die Erde gesetzt zu werden. Es wird von Lyrikerinnen verwendet, die sich kaum gekannt haben dürften, und kann als Gleichnis dafür verstanden werden, dass die Frau sich als Gefangene der so genannten natürlichen Funktionen erfährt. Zwei Generationen von Dichterinnen erkundeten ihren Freiheitsraum in der Auflehnung gegen die Ästhetik des Naturschönen: Bilder wie der entstellte Leib und das von Vogelschnäbeln zerstörte Antlitz kommen einer Absage daran gleich. Ohne Illusionen, aber auch ohne den Versuch, sich anzupassen, wagten sich die Lyrikerinnen auf ein Feld, das seit Jahrhunderten von männlichen Autoritäten beherrscht worden war.

Der Eintritt der Frauen in die Lyrik wurde begünstigt durch das Umfeld, das die naturmagische Schule geschaffen hatte.

Dichter und Dichterinnen holten zusammen eine von der Moderne beinahe schon aufgegebene Welt zurück in die Lyrik. Dabei hatte man sich mit dem mikrokosmischen Zuschnitt dieser Welt zu begnügen: Das große Thema musste auf den engen Raum des Erfahrbaren gezwungen werden, weil der prometheische Anspruch von einst leer und seine Sprache hohl geworden war. Aus der Reduktion von Ich und Natur spricht das Bewusstsein von der beschränkten Existenz des Einzelnen und von seinem engen Handlungsspielraum in einer utopielosen Zeit.

Eine Prognose soll nicht gestellt werden. Diese Anthologie verweist auf den Ertrag des vergangenen Jahrhunderts - und unternimmt damit den Versuch, das Naturgedicht im Zeitalter der Moderne zu rehabilitieren. Jetzt, nach der Jahrtausendwende, scheint es beinahe so, als bewegten sich die Naturbilder der Vergangenheit wieder auf uns zu. Thomas Rosenlöcher beobachtete im Sommer 2002 an der Elbe bei Dresden, dass der Fluss »so erstaunlich ruhig und langsam vorüberfloß, als hätte er sich nur in sein altes Recht gesetzt [...]« - und nahm es als Zeichen: als einen Verweis darauf, »daß es zu Ende gehen wird mit unserer privilegierten, gleitenden Lebensweise« (*Könnt ihr uns bei euch aufnehmen?*). Hier wird wieder die »Sprache« der Natur buchstabiert - und der Dichter liest, dass unser zwiespältiges Verhältnis zur natürlichen Seite der Existenz nicht mehr lange tragen wird.

Quellen- und Rechtenachweis

Arendt, Erich (1903–1984)
Der Albatros, Herbst der Meere (E. A.: Gedichte. Leipzig: Verlag Philipp Reclam jun. 1976). – © Rimbaud Verlagsgesellschaft mbH Aachen. *Frühlingsaster* (E. A.: entgrenzen. Gedichte. Leipzig: Insel-Verlag 1983). – © Rimbaud Verlagsgesellschaft mbH Aachen.

Bachmann, Ingeborg (1926–1973)
Mein Vogel, Schatten Rosen Schatten, Im Gewitter der Rosen, Sterne im März (I. B.: Werke. Bd. 1: Gedichte, Hörspiele, Libretti, Übersetzungen. München: Piper Verlag 1978). – © Piper Verlag GmbH, München 1978.

Becher, Johannes R. (1891–1958)
Der Wald (J. R. B.: Gesammelte Werke. Bd. 1: Ausgewählte Gedichte 1911–1918. Berlin und Weimar: Aufbau-Verlag 1966). *Oberbayrische Hochebene* (J. R. B.: Gesammelte Werke. Bd. 4: Gedichte 1936–1941. Berlin und Weimar: Aufbau-Verlag 1966). – © Aufbau-Verlag Berlin und Weimar 1966.

Becker, Jürgen (geb. 1932)
Sommer in den Fünfzigern, Augenblick (J. B.: Die Gedichte. Frankfurt a. M.: Suhrkamp Verlag 1995). – © Suhrkamp Verlag Frankfurt am Main 1995.

Benn, Gottfried (1896–1956)
Anemone (G. B.: Statische Gedichte. Zürich und Hamburg: Arche Verlag 1948, 2000). – © 1948, 2000 by Arche Verlag AG, Zürich-Hamburg.

Bobrowski, Johannes (1917–1965)
Landschaft mit Vögeln, Begegnung, Dryade, Wiesenfluß, Undine, Die Memel, Nänie, Vogelstraßen 1957, Dorfmusik, Gegenlicht, Rufe (J. B.: Gesammelte Werke in sechs Bänden. Bd. 1: Die Gedichte. Stuttgart: Deutsche Verlags-Anstalt 1998). – © 1998 Deutsche Verlags-Anstalt GmbH, Stuttgart.

Brecht, Bertolt (1898–1956)
Über das Frühjahr (B. B.: Werke. Große kommentierte Berliner und Frankfurter Ausgabe. Bd. 14. Frankfurt a. M.: Suhrkamp Verlag 1994). – © Suhrkamp Verlag Frankfurt am Main 1994. *Tannen* (B. B.: Werke. Große kommentierte Berliner und Frankfurter Ausgabe. Bd. 12. Frankfurt a. M.: Suhrkamp Verlag 1988). – © Suhrkamp Verlag Frankfurt am Main 1988. *Morgendliche Rede an den Baum Green, Der Himmel dieses Sommers* (B. B.: Werke. Große kommentierte Berliner und Frankfurter Ausgabe. Bd. 11. Frankfurt a. M.: Suhrkamp Verlag 1988). – © Suhrkamp Verlag Frankfurt am Main 1988.

Britting, Georg (1891–1964)
Die Sonnenblume (G. B.: Sämtliche Werke. Bd. 2: Gedichte 1930 bis 1940. München: List Verlag 1996). – © Ingeborg Schuldt-Britting, Höhenmoos.

Burkart, Erika (geb. 1922)
Der Fluß (E. B.: Die Zärtlichkeit der Schatten. Gedichte. Zürich: Amman Verlag 1991). – © 1991 by Ammann Verlag & Co., Zürich. *Reduktionen, Zauberwort* (E. B.: Stille fernster Rückruf. Gedichte. Zürich: Amman Verlag 1997). – © 1997 by Ammann Verlag & Co., Zürich. *Doldiger Milchstern* (E. B.: Ich suche den blauen Mohn. Erika Burkart Pflanzengedichte / Max Löw Blumenbilder. Basel: Gs-Verlag 1989). – Mit freundlicher Genehmigung der Autorin. *Dryade* (E. B.: Ausgewählte Gedichte. Zürich und München: Artemis-Verlag 1978). *Vogelbrücke* (E. B.: Sternbild des Kindes. Zürich und München: Artemis-Verlag 1984). – Mit freundlicher Genehmigung der Autorin.

Busta, Christine (1915–1987)
Die Sonnenblume, Löwenzahn (Ch. B.: Der Regenbaum. Gedichte. Salzburg: Otto Müller Verlag 1995). – © Otto Müller Verlag, Salzburg 1995, 2. Auflage. *Frühling am Strom, Nachsommer* (Ch. B.: Lampe und Delphin. Gedichte. Salzburg: Otto Müller Verlag 1995). – © Otto Müller Verlag, Salzburg 1995.

Celan, Paul (1920–1979)
Espenbaum, dein Laub blickt weiß ins Dunkel (P. C.: Mohn und Gedächtnis. Stuttgart: Deutsche Verlags-Anstalt 1952). – © 1952 Deutsche Verlags-Anstalt GmbH, Stuttgart. *Psalm* (P. C.: Die Niemandsrose. Gedichte. Frankfurt a. M.: S. Fischer Verlag 1963). – © S. Fischer

Verlag GmbH, Frankfurt am Main 1963. *Entwurf einer Landschaft* (P. C.: Sprachgitter. Frankfurt a. M.: S. Fischer Verlag 1959). – © S. Fischer Verlag GmbH, Frankfurt am Main 1959.

Domin, Hilde (geb. 1912)
Buchen im Frühling (H. D.: Gesammelte Gedichte. Frankfurt a. M.: S. Fischer Verlag 1987). – © S. Fischer Verlag GmbH, Frankfurt am Main 1987.

Eich, Günter (1907–1972)
Tauben, Tage mit Hähern, Die Häherfeder, Ende eines Sommers, Später Mohn, Der Große Lübbe-See, Ende August, Ginster, Variationen über eine Novemberlandschaft, Botschaften des Regens, Angst, Im Sonnenlicht, Winterliche Miniatur (G. E.: Gesammelte Werke in vier Bänden. Bd. 1: Die Gedichte. Die Maulwürfe. Frankfurt a. M.: Suhrkamp 1973). – © Suhrkamp Verlag Frankfurt am Main 1973.

George, Stefan (1868–1933)
Der Herr der Insel (St. G.: Sämtliche Werke in 18 Bänden. Bd. 3: Die Bücher der Hirten und Preisgedichte. Der Sagen und Sänge und der Hängenden Gärten. Stuttgart: Klett-Cotta 1991). – © Klett-Cotta Stuttgart, 1991.

Greßmann, Uwe (1933–1969)
An den Vogel Frühling (U. G.: Lebenskünstler. Leipzig: Verlag Philipp Reclam jun. Leipzig 1982). – © Stiftung Archiv der Akademie der Künste, Berlin.

Höllerer, Walther (1922–2003)
Blauer Silberhäher (W. H.: Gedichte 1942–1982. Frankfurt a. M.: Suhrkamp 1982). – © Suhrkamp Verlag Frankfurt am Main 1982.

Huchel, Peter (1903–1981)
Ölbaum und Weide, Die Sonnenblume, Undine, Morgen an der Havel, Bei Wildenbruch, Die Viper, April 63, Exil, Todtmoos, Kreuzspinne (P. H.: Gesammelte Werke in zwei Bänden. Bd. 1: Die Gedichte. Frankfurt a. M.: Suhrkamp Verlag 1984). – © Suhrkamp Verlag Frankfurt am Main 1984. *Frühe, Der glückliche Garten, Der Zauberer im Frühling, Der Knabenteich, Löwenzahn, Letzte Fahrt* (P. H.: Die Sternenreuse. Gedichte 1925–1947. München: Piper Verlag 1993). – © Piper Verlag

GmbH, München 1967. *Auffliegende Schwäne, Die Pappeln, Der Garten des Theophrast, Das Zeichen* (P. H.: Chausseen Chausseen. Gedichte. Frankfurt a. M.: S. Fischer Verlag 1963). – © S. Fischer Verlag GmbH, Frankfurt am Main 1963.

Kirsch, Sarah (geb. 1935)
Raubvogel, Der Meropsvogel, Bäume, Schöner See Wasseraug, Hundsveilchen Bitterklee, Beginn der Zerstörung, Das Zeichen, Lautlos (S. K.: Werke in fünf Bänden. Bd. 1–3: Gedichte. Stuttgart: Deutsche Verlags-Anstalt 1999). – © 1999 Deutsche Verlags-Anstalt GmbH, Stuttgart.

Kirsten, Wulf (geb. 1934)
eisgang (W. K.: der bleibaum. Gedichte. Berlin und Weimar: Aufbau-Verlag 1977). – © 2003 by Ammann Verlag & Co., Zürich.

Kolmar, Gertrud (1894–1943(?))
Krähen, Die Reiher, Garten, Die Kröte, Weide (G. K.: Gedichte. Frankfurt a. M.: Suhrkamp Verlag 1996). – © Suhrkamp Verlag Frankfurt am Main 1996.

Kramer, Theodor (1897–1958)
Dürres Laub, das sich vom Stengel trennt ..., Im großen Flachland (Th. K.: Gesammelte Gedichte in drei Bänden. Wien: Paul Zsolnay Verlag 1997/1998). – © Paul Zsolnay Verlag Wien 1997/1998.

Krolow, Karl (1915–1999)
Pappellaub, Der Baum, Der treulose Fluß, Einen Garten zeichnen, Landschaft aus der Luft, Richtiger Herbst (K. K.: Gesammelte Gedichte 1–4. Frankfurt a. M.: Suhrkamp Verlag 1985–1997). – © Suhrkamp Verlag Frankfurt am Main 1985–1997. *Sonnenblumen, Sommerlied* (K. K.: Auf Erden. Frühe Gedichte. Frankfurt a. M.: Suhrkamp Verlag 1989). – © Suhrkamp Verlag Frankfurt am Main 1989.

Kunert, Günter (geb. 1929)
Auf der Schwelle des Hauses (G. K.: Der ungebetene Gast. Berlin und Weimar: Aufbau-Verlag 1965). *Aus Vogelflug gelesen* (G. K.: Offener Ausgang. Gedichte. Berlin und Weimar: Aufbau Verlag 1972). – Mit freundlicher Genehmigung des Autors.

Langgässer, Elisabeth (1899–1950)
Vorfrühlingswald, Tulpen an der Frühlingswende, Panische Stunde, Orpheus mit der Rose, Frühsommer, Farben im Altjahr, Arachne, Daphne (E. L.: Gesammelte Werke. Gedichte. Hamburg: Claassen Verlag 1959). – © Claassen Verlag München 1959.

Lavant, Christine (1915–1973)
Über so hauchdünnen Schlaf, Die Sonnenblume leuchtet durch die Zeit, Muß jetzt einen Singsang finden, Im Lauchbeet hockt die Wurzelfrau, Die roten Feuerbohnen frieren im Frühherbstwind (Ch. L.: Die Bettlerschale. Gedichte. Salzburg: Otto Müller Verlag 1956). – © Otto Müller Verlag, Salzburg 1956.

Lehmann, Wilhelm (1882–1968)
Kuckuck im Herbstmond, Dunkelnde Buchenblätter, Pappellaub, Fallende Blütenblätter, Fahrt über den Plöner See, Abgeblühter Löwenzahn, Später Rausch, Die Hornisse, Auflösung, Auf sommerlichem Friedhof, Die Signatur, Rosen im Mittagsbrande (W. L.: Gesammelte Werke in acht Bänden. Bd. 1: Sämtliche Gedichte. Stuttgart: Klett-Cotta 1982). – © Klett-Cotta Stuttgart 1982.

Loerke, Oskar (1884–1941)
Sonnenwendlied der Vögel, Märkische Landschaft, Tannen, Garten, Die Laubwolke, Die Schalen der Waage, Strom, Der Silberdistelwald, Im Johannisheu, Die Vogelstraßen, Vom Frieden der Erde, Die Frühlingsfähren, Die Purpurlandschaft, Keilschriftzylinder (O. L.: Gedichte und Prosa. Bd. 1: Die Gedichte. Frankfurt a. M.: Suhrkamp Verlag 1958). – © Suhrkamp Verlag Frankfurt am Main 1958.

Meister, Ernst (1911–1979)
Drossel, Vogelwolke, Euch, Tulpen, Narzissen (E. M.: Sämtliche Gedichte in fünfzehn Bänden. Bd. 6: Die Formel und die Stätte. Aachen: Rimbaud Presse 1987). – © Rimbaud Verlagsgesellschaft mbH Aachen. *Deltagebiet* (E. M.: Sämtliche Gedichte in fünfzehn Bänden. Bd. 4: … und Ararat Pythiusa Lichtes Labyrinth. Aachen: Rimbaud Presse 1987). – © Rimbaud Verlagsgesellschaft mbH Aachen. *Der Knoten wird gelöst* (E. M.: Sämtliche Gedichte in fünfzehn Bänden. Bd. 15: Gedichte aus dem Nachlaß. Aachen: Rimbaud Presse 1999). – © Rimbaud Verlagsgesellschaft mbH Aachen. *Atem der Steine* (E. M.: Ausge-

wählte Gedichte 1932–1979. Darmstadt und Neuwied: Luchterhand-Verlag 1979). – © Rimbaud Verlagsgesellschaft mbH Aachen.

Mickel, Karl (1935–2000)
Abend am Fluß, Die Elbe (K. M.: Schriften I. Gedichte 1957–1974. Halle-Leipzig: Mitteldeutscher Verlag 1990). – © Mitteldeutscher Verlag Halle 1990.

Rosenlöcher, Thomas (geb. 1947)
Spät, Der Wald, Die Elbe, Der Garten, Die Distel (T. R.: Ich sitze in Sachsen und schau in den Schnee. Frankfurt a. M.: Suhrkamp Verlag 1998). – Mit freundlicher Genehmigung des Autors.

Sachs, Nelly (1891–1970)
Schmetterling (N. S.: Fahrt ins Staublose. Gedichte. Frankfurt a. M.: Suhrkamp Verlag 1988). – © Suhrkamp Verlag Frankfurt am Main 1988.

Vring, Georg von der (1889–1968)
Die Drossel (G. v. d. V.: Die Gedichte. Gesamtausgabe der veröffentlichten Gedichte und eine Auswahl aus dem Nachlass. Ebenhausen bei München: Langewiesche-Brandt 1989). – © Langewiesche-Brandt Ebenhausen bei München 1989.

Weinheber, Josef (1892–1945)
Löwenzahn (J. W.: Gedichte. Hamburg: Hoffmann und Campe Verlag 1966). – Mit freundlicher Genehmigung von Christian Weinheber-Janota.

Werner, Walter (geb. 1922)
Meine Bäume, Kahlschlag (W. W.: Die verführerischen Gedanken der Schmetterlinge. Leipzig: Verlag Philipp Reclam jun. Leipzig 1979). – Mit freundlicher Genehmigung von Elisabeth Werner.

Der Verlag hat sich bemüht, alle Rechteinhaber ausfindig zu machen. Sollte das in Einzelfällen nicht gelungen sein, so bitten wir darum, uns von berechtigten Ansprüchen in Kenntnis zu setzen.

Autoren

Titel und Gedichtanfänge